PRÉFACE,

JE supplie le Lecteur de me pardonner un paradoxe que l'expérience m'infpire, & que je ne puis taire. Il y auroit peut-être un fecret pour obliger aujourd'hui le Public François de croire que des avantures font véritables; ce feroit de les lui donner pour fauffes.

Je ne prétens pas infinuer, que pour éviter de prendre le change, il prenne maintenant le contrepied de tout : le vrai Public eft trop judicieux. Mais on lui a tant de fois donné le faux pour du vrai, & il eft fi fort dans l'ufage de cher

cher l'Hiſtoire dans la Fable,
je veux dire, de faire une ap-
plication allégorique des faits
purement imaginés, que s'il
y avoit un art de le perſuader,
ce ſeroit de tendre ce piége à
la fineſſe de l'eſprit qu'il poſ-
ſede aujourd'hui.

Je n'uſerai pas d'un pareil
ſtratagême. Je ſuis d'un pays
où l'artifice ne regne point
dans la litterature ; & parce
que je ſuis en France, je ne
me crois pas dans l'obligation de me dépoüiller de mon
ingénuité.

Je dis que l'Italie eſt mon
pays, quoique je n'y ſois pas
né ; mais j'y ai été amené ſi
jeune, que, joint à ce que j'en
ſuis originaire, je puis me dire

MEMOIRES

ET
AVANTURES
DE
MONSIEUR DE ***,

TRADUITS DE L'ITALIEN
par lui-même.

Le prix est de vingt-quatre sols.

A PARIS,
Chez PRAULT pere, Quai de Gêvres,
au Paradis.

M. DCC. XXXV.
Avec Approbation & Privilege du Roi.

Y. 560.
2.

1

Italien, du moins, par adoption. La France sera déformais, sans doute, la seule Patrie que je connoisse : heureux si je puis m'y naturaliser!

Nous produisons en Italie, presque autant de Romans qu'on en produit ici ; mais il y a cette espece de bonne foi qu'on se feroit scrupule dè blesser, qu'on n'annonce pas un Roman sous le titre d'Histoire véritable. Aussi, lorsque des faits sont donnés pour vrais, ils ne trouvent personne qui les révoque en doute.

Sur le même principe, qui obtiendra peut-être ici quelque crédit, je hazarde de dire que mes Memoires ne contiennent que des avantures,

PREFACE.

véritables, & telles que je les
ai traduites de l'Italien dans
lequel je les ai fait paroître à
Florence, & dans les autres
principales Villes de l'Italie.
J'ai seulement étendu quelques endroits, pour expliquer
les choses qui ne sçauroient
être ici connuës de tout le
monde, & j'y ai ajoûté ce qui
m'est arrivé depuis.

Au reste, je prie le Lecteur,
d'avoir quelque indulgence
pour la foiblesse de mon stile.
C'est un essai que j'en fais; &
il n'est pas surprenant qu'un
homme qui n'est en France
que depuis un an, ne sçache
pas la langue comme un
François.

J'ai ici le même but que

PREFACE.

j'avois en Italie; je n'ai pas
cherché à plaire, mais à rendre, par mon exemple, la
jeuneſſe attentive ſur ſa conduite. Les fautes que j'ai faites m'ont rendu malheureux:
ce devroit être aſſez pour empêcher d'en commettre de
ſemblables, & pour écarter
les nuages qui obſcurciſſent
infailliblement nos jours, lorſque nous ne devenons raiſon-
nables que par notre propre
expérience.

Je ne crois pas faire d'in-
juſtice à la Jeuneſſe Françoiſe,
en lui propoſant ce que j'ai
dit aux jeunes gens d'Italie,
qu'il eſt toûjours bon de leur
faire goûter la morale, ſoit
pour les rendre ſages, ſoit

pour les maintenir dans la ſageſſe.

On ſçait bien que les noms Italiens ne commencent jamais par *De*, mais jugeant inutile de dire mon nom, j'ai crû plus commode pour le Lecteur, de mettre *Monſieur de* ... que *Monſieur* ... ſimplement. Je n'ai pas voulu, non plus, inventer un nom, cela m'a paru tenir de trop près aux Romans.

APPROBATION.

J'AI lû par ordre de Monseigneur le Garde des Sceaux, un Manuscrit qui a pour titre, *Memoires & Avantures de Monsieur de* * * *, *traduits de l'Italien par lui-même*; & j'ai crû qu'on pouvoit en permettre l'impression. A Paris, ce 25. Juin 1735.

Signé, MAUNOIR.

PRIVILEGE DU ROI.

LOUIS par la grace de Dieu, Roi de France & de Navarre : A nos amés & feaux Conseillers les Gens tenans nos Cours de Parlement, Maîtres des Requêtes ordinaires de notre Hôtel, Grand Conseil, Prevôt de Paris, Baillifs, Senefchaux, leurs Lieutenans Civils & autres nos Justiciers qu'il appartiendra, SALUT. Notre bien amé PIERRE PRAULT, Libraire & Imprimeur de nos Fermes & Droits à Paris, Nous ayant fait supplier de lui accorder nos Lettres de Permission pour l'impression de deux Ouvrages qui ont pour titre, *Le Glaneur François*, & *Les Memoires & Avantures de M. de* * * *, *traduits de l'Italien par lui-même*; offrant pour cet effet de les imprimer ou faire imprimer en bon Papier & beaux caracteres, suivant la Feüille imprimée & attachée pour modele sous le contre-scel des Presentes. Nous lui avons permis & permettons par ces Presentes, d'imprimer ou faire imprimer lesdits Livres ci-dessus specifiés, en un ou plusieurs volumes, conjointement ou séparément, & autant de fois que bon lui semblera, & de les vendre, faire vendre & débiter par tout notre Royaume, pendant le tems de *trois* années consecutives, à compter du jour de la datte desdites Presentes. Faisons défenses à tous Libraires, Imprimeurs & autres Personnes de quelque qualité & condition qu'elles soient, d'en introduire d'impression étrangere dans aucun lieu de notre obéïssance; à la charge que ces Presentes seront enregistrées tout au long sur le Registre de la Communauté des Libraires & Imprimeurs de Paris, & ce dans trois mois de la datte d'icelles; que l'Impression desdits Livres sera faite dans notre Roïaume & non ailleurs; & que l'Impetrant se

conformera en tout aux Reglemens de la Librairie, &
notamment à celui du 10 Avril 1725. Et qu'avant que de
les exposer en vente, les Manuscrits ou Imprimés qui
auront servi de copie à l'impression desdits Livres, seront
remis dans le même état où les Approbations y auront
été données, ès mains de notre très-cher & féal Chevalier
Garde des Sceaux de France, le Sieur Chauvelin ; &
qu'il en sera ensuite remis deux Exemplaires de chacun
dans notre Bibliotheque publique, un dans celle de notre Château du Louvre, & un dans celle de notredit
très-cher & féal Chevalier, Garde des Sceaux de France, le Sieur Chauvelin ; le tout à peine de nullité des
Presentes. Du contenu desquelles vous mandons &
enjoignons de faire joüir l'Exposant ou ses ayans cause,
pleinement & paisiblement, sans souffrir qu'il leur soit
fait aucun trouble ou empêchement. Voulons qu'à la
Copie desdites Presentes, qui sera imprimée tout au
long au commencement ou à la fin desdits Livres, foi
soit ajoûtée comme à l'original ; Commandons au premier notre Huissier ou Sergent de faire pour l'execu-
tion d'icelles, tous Actes requis & nécessaires, sans
demander autre permission, & nonobstant clameur de
Haro, Charte Normande & Lettres à ce contraires :
C A R tel est notre plaisir. D O N N E' à Versailles le
vingt-neuviéme jour du mois de Juin, l'an de grace
mil sept cent trente-cinq, & de notre Regne le vingtié-
me. Par le Roi en son Conseil. *Signé*, S A I N S O N.

Registré sur le Registre I X. de la Chambre Royale &
Syndicale de la Librairie & Imprimerie de Paris, N°. 116.
Folio 115. conformément aux anciens Reglemens, confir-
més par celui du 28 Fevrier 1723. A Paris ce 30 Juin
1735.

Signé, G. M A R T I N, Syndic.

E R R A T A.

P. 27. l. premiere, que, *lisez* quel.

P. 44. L 5. qui l'accompagnent, *lisez* qu'elles
accompagnent.

P. 117. l. 11. sur le champ, *lisez* à l'instant.

LIVRES AMUSANS,

Imprimés chez PRAULT *pere.*

ARgenis, Roman heroïque, in 12°. 2. vol.
Avantures de ***, ou les Effets surprenans de la Sympathie, in 12°. 5. vol.
Amusemens Historiques, in 12°. 2. vol.
L'Avare puni, ou le Don du Comte de Champagne, in 8°.
Avantures choisies, in 12°.
Cabinet du Philosophe, onze feüilles.
Celenie, Histoire Allegorique, in 12°.
Conte Egyptien, in 12°.
Le Czar Demetrius, in 12°.
Dialogue des vivans, in 12°.
La Diane de Montemayor, in 12°. 2. vol.
La Duchesse de Capouë, in 12°.
L'Epouse infortunée, in 12°.
Gomgam, ou l'Homme prodigieux, in 12°. 2. vol.
Grenier à Sel, ou nouveau Recüeil de bons Mots, in 12°.
Henry, Duc des Vandales, in 12°.
Histoire d'Estevanille, in 12°. 2. parties.
—— d'Osman, in 12°. 4. parties.
—— de Tullie, fille de Ciceron, in 12°.
—— du Connetable de Lune, in 12.
Homere Travesti, in 12°. 2. vol.
La Femme Foible, in 12°.
La Fidelité recompensée, in 12°.
La Veuve en puissance de Mary, in 12°. 2. vol.
La Voiture embourbée, Histoire Comique, in 12°.
Le Beau Polonnois, in 12°.

Le Comte de Cardonne, in 12°.
Le Comte Roger, Souverain de Calabre, in 12°.
Le Napolitain, in 12°.
Le Monde Renaissant, par M. de V. in 8°.
Le Payfan parvenu, in 12°. 5 parties.
Le Solitaire de Terraffon, in 12°.
Les Belles Grecques, in 12.
Les Defefperés, in 12°. 2. vol.
Lettres amufantes, in-12°. 2. vol.
—— & Hiftoire de Phalaris, in-12.
Mélifthenes ou l'Illuftre Perfan, in-12°.
Memoires & avantures de M^r. de ∗ ∗ ∗, traduits de l'Italien par lui-même, par M. de V.
—— fecrets de la Cour de Charles VII. in-12°. 2. vol.
Relation de l'Ifle imaginaire, & l'Hiftoire de la Princeffe de Paphlagonie, in-12°.
Spectateur François, in-12°. 2. vol.
Vie de Marianne, in-12°. 2. parties.
—— de Pedrile, in 12°.
Voyage de Campagne, in 12°.

MEMOIRES

MEMOIRES

DE

MONSIEUR DE ***,

Traduits de l'Italien par lui-même.

LIVRE PREMIER.

JE ne suis point d'un sang ignoble; mais notre nom n'est pas non plus tracé sur un vêlin antique, ni sur des écorces d'arbre. Le titre dont je m'honore davantage, c'est la réputation d'un pere admiré de toute l'Europe par son génie & ses travaux.

Il étoit à la Cour de Vienne en

A

1707. L'Empereur qui l'aimoit, le chargea d'affaires importantes pour la Cour de Lunéville. Lorsqu'il y eut rempli sa miffion, il lui prit envie de paffer quelques jours à Nancy. La maturité de l'âge, ni même celle de l'efprit, ne fauve point de l'amour, non plus que de la violence de cette paffion ; &, lorfqu'on aime une fois, on ne s'apperçoit guéres des difproportions. Mon pere avoit cinquante ans ; il devint, à Nancy, éperdûment amoureux d'une Demoifelle qui n'en avoit que quatorze. La voir, l'aimer, & défirer de l'époufer, ne furent qu'un mouvement chez lui.

C'étoit auffi une de ces perfonnes que la Nature femble former d'intelligence avec l'Amour, pour confondre notre raifon. Elle étoit fi bien faite, & tellement proportionnée, qu'elle étoit petite fans le paroître, & avoit l'air noble. Peu de femmes poffedent autant de charmes & d'agrémens qu'elle en réüniſſoit. Elle avoit de grands yeux noirs, bien placés, pleins de feu & de douceur ; le plus beau tein du monde ; en un mot, le viſage des plus réguliers : Mais une perfection bien plus eſtimable regnoit dans ſon eſprit & dans ſes ſentimens.

On aura peine à croire qu'une perſonne ſi jeune ait pû reſſentir de la tendreſſe pour mon pere. Il faut lui rendre la juſtice qui lui eſt dûë : il eſt d'une taille avantageuſe ; ſes yeux, ſa phiſionomie, & toutes ſes actions portent un caractere de nobleſſe & d'eſprit, qui décide d'abord en ſa faveur.

Son premier ſoin fut de parler de mariage ; mais le pere de la Demoiſelle, homme très-riche & extrêmement avare, comme on aura lieu d'en juger dans la ſuite de ces Memoires, rejetta la propoſition, ſous prétexte qu'il ne vouloit pas donner ſa fille à un

étranger, & moins encore à un
Italien qu'à tout autre.

Nos amans ne perdirent point
courage. Ils eurent recours à
S. A. R. qui fit entendre raison à
ce pere ridicule, & l'affaire fut
faite en peu de jours.

Mon pere retourna bien-tôt à
Vienne, emmenant avec lui cette
épouse si charmante, & se glori-
fiant sans cesse d'avoir fait, à son
âge, une si belle conquête. On n'aime point fortement sans éprouver
les traits de la jalousie. Mon pere
adoroit sa femme ; il est d'ailleurs
d'un climat qui ne produit gueres
d'amans tranquilles ; il eût voulu
cacher cette chere moitié, comme son beau-pere renfermoit ses
trésors. Il prit beaucoup de soins ;
cependant, à peine fut-il arrivé à
la Cour, que tout le monde sçut
que Monsieur de . . . étoit marié,
que sa femme étoit jeune, & que
c'étoit un prodige de beauté, de
graces & d'esprit.

Cette nouvelle vint même d'a-
bord à l'oreille de l'Empereur.
Lorsque mon pere fut reçû à son
audience, & qu'il lui eut rendu
compte des affaires dont il l'avoit
chargé, Sa Majesté lui dit en soû-
riant : » Il paroît que vous ne Nous
» rendez pas compte de tout.
» Nous n'ignorons pas que vous
» avez excedé vos pouvoirs. Vous
» avez pris en Lorraine un tître
» que vous n'aviez pas, & vous en
» avez, dit-on, apporté un trésor
» qui doit vous faire beaucoup
» d'envieux. Joüissez en paix de
» votre bonne fortune ; mais sou-
» venez-vous que vous êtes en
» Allemagne, & qu'il ne faut pas
» y introduire les abus qui domi-
» nent en Italie dans la conduite
» des époux.

Ces paroles jetterent un si grand
trouble dans l'esprit de mon pere,
qu'à peine put-il répondre. Il dit à
l'Empereur, que son épouse avoit
eu une éducation si péu conve-

nable à la Cour, qu'il n'efperoit
pas qu'elle pût avoir l'avantage d'y
paroître fi-tôt. L'Empereur qui
vit fon embarras, voulut s'en di-
vertir : ꝏ Elle a, repliqua-t-il, de
ꝏ l'efprit & de la beauté ; & lorf-
ꝏ qu'on eft ainfi pourvû, on eft
ꝏ fûr de briller par tout. Ame-
ꝏ nez-la demain à la Favorite, à
ꝏ l'heure que l'Imperatrice s'y
ꝏ promene ; Nous fommes bien
ꝏ aifés de juger par nous-mêmes,
ꝏ fi votre crainte eft bien fondée.
L'Empereur le quitta en finiffant
ces paroles, & mon pere n'ofa re-
pliquer que par une profonde in-
clination.

Le lendemain, mon pere me-
na fon époufe à la Favorite. Plu-
fieurs Princes & Princeffes s'y
trouverent à l'ordinaire. L'Imperatrice donna fa main à baifer à la
jeune Etrangere, qui s'en acquitta
avec beaucoup de grace. Tout le
monde admira fa beauté ; Sa Ma-
jefté elle-même eut la bonté de

lui donner des éloges, & de dire,
qu'elle n'avoit jamais vû, dans une
petite perfonne, un mélange fi
parfait de nobleffe & de fimplici-
té, ni tant de modeftie dans des
yeux fi vifs.

L'Empereur cependant vint
auffi à la promenade. Il foûrit en
voyant mon pere ; & appercevant
une jeune inconnuë près de l'Imperatrice, il ne douta point que ce
ne fût fa femme. Il s'approcha
d'elle & lui fit beaucoup de quef-
tions. Elle y répondit fans fe dé-
concerter, & fans qu'on remar-
quât aucun défordre dans fes difcours ; un peu de rougeur feulement colora fon vifage, mais ne fit
que relever fon éclat naturel. Il
faut avoir beaucoup d'efprit pour
fe paffer d'expérience, & être en
même tems modefte & affûrée !

Plufieurs Seigneurs avoient
fuivi l'Empereur, entr'autres le
Prince P.... Il étoit jeune & des
mieux faits, mais il avoit l'air fier

& les manieres hautes, l'humeur
fombre, l'efprit violent, le cœur
cependant extrêmement tendre,
mais impétueux dans fes defirs.

Il étoit fi vivement frappé de ce
qu'il venoit de voir & d'entendre
de la part de cette jeune étrangere, qu'il en étoit immobile. Rempli de cette admiration que donne
le mérite au moment qu'il éclate,
fes yeux s'étoient fixés fur elle ; &
l'amour qui fuit de près l'étonnement, ne paroiffoit point encore
dans fes regards, lorfque cette
belle jetta, par hazard, la vûë de
fon côté. La rencontre de leurs
yeux enflamma ceux du Prince,
& fit de nouveau rougir cette jeune beauté ; mais la pudeur en fut
la feule caufe.

Mon pere qui voyoit tout avec
des yeux de Linx, ne perdit point
ce coup œil, ni fes effets. Il fré-
mit en voyant la rougeur de fa
femme, la prenant pour ce trouble
avant-coureur de l'amour, & qui

en est souvent le signe indubita-
ble : la jalousie le glaça jusques au
fonds du cœur.

Le jour commençant à tomber,
chacun se retira. L'Empereur pas-
sant devant mon pere , lui dit d'un
air railleur : » On a raison de dire
» que les yeux des maris sont diffe-
» rens de ceux des autres. Mon
pere étoit dans un abattement sans
égal ; il ramena son épouse au logis , la douleur peinte sur le visage.
Sa jeune femme se jetta à son col ,
le conjura tendrement de lui découvrir la cause de son chagrin ,
& si elle avoit eu le malheur de
lui déplaire en quelque chose , ou
de manquer à quelque bienséance.
Vous n'avez paruë que trop aimable , lui répondit-il en poussant un
profond soupir ; puissiez - vous
m'aimer toujours , & conserver,
au milieu de cette Cour , la pureté
des sentimens que vous me témoi-
gnez. Il lui avoüa ensuite quel
étoit l'objet de ses soupçons , &

ce qu'il avoit apprehendé. Elle
s'en affligea, le pria inſtamment
d'avoir plus de confiance en l'extrême tendreſſe qu'elle avoit pour
lui, & employa tant de careſſes &
des diſcours ſi vifs, & où il reconnut tant de ſincerité, que ſon
trouble ſe diſſipa, & il reprit ſon
humeur ordinaire.

Cependant la beauté de la jeune Etrangere occupoit ſans ceſſe
le Prince P.... Il ſe rappelloit
ſans ceſſe avec tranſport, les moin-
dres choſes qu'il avoit vûës ou
entenduës d'elle ; en un mot, ſa
paſſion devint ſi violente, que,
joint à ce qu'il étoit naturellement
obſtiné, témeraire & entrepre-
nant, il forma le deſſein d'aimer
toute ſa vie, & de plus, de réüſſir
dans ſon amour à quelque prix
que ce fût.

Il crut d'abord qu'il lui ſuffiſoit
d'avoir paru pour avoir plû. Il n'a-
voit pas oublié que la Belle avoit
rougi en le regardant. L'amour

propre ne manqua pas de lui faire interpreter ce figne dans le même fens que la jaloufie l'avoit fait entendre à mon pere. Il ne fe crut pas, d'ailleurs, obligé de juger de l'objet de fes feux plus favorablement que des autres femmes de la Cour ; ainfi il s'attendoit bien, dans le commencement, à quelque rafinement de réfiftance, ou plûtôt à quelque combat de timidité, parce qu'elle étoit encore fans expérience ; mais il fe repofa aifément fur la contagion du Païs, fur fon mérite, & fur fa perfévérance.

Il écrivit quelques Billets qui lui furent renvoyés, fans qu'il s'en étonnât. Il fit adroitement tenir des préfens, fans qu'on fçût qu'ils vinffent de fa part : on les reporta chez lui même ; il en fut un peu furpris, & comptoit davantage fur cette voye. Il ne manquoit pas une des Meffes qu'on entendoit, mais il avoit beau regarder, fe

poſter avantageuſement pour être
vû, faire du bruit & des ſignes,
en un mot, ſe mettre abſolument
au paſſage, on ne faiſoit pas ſeulement ſemblant de l'appercevoir.
Ce manége dura aſſez pour com-
mencer à l'étonner ſérieuſement.
Le cas lui parut nouveau. Un autre ſe feroit peut-être rebuté, &
eût pris le parti de ſe retirer ; mais
ſon caractere étoit à l'oppoſite de
ce ſentiment là ; & comme il faiſoit par emportement & par opi-
niâtreté ce qu'un autre eût pû faire
par eſprit de conſtance & de délicateſſe, ces obſtacles ne ſervi-
rent qu'à l'enflâmer davantage ; &
le dépit ſe joignant dans ſon cœur
aux autres mouvemens dont il
étoit combattu, il jura de perdre
la vie avant que de renoncer à ſon
entrepriſe.

Mon pere n'ignoroit rien de ce
qui ſe paſſoit, & l'on peut juger
combien il étoit enchanté de la
conduite de ſa femme. Il en avoit

préfque perdu ce qui ne fe perd
jamais, fçavoir, fa jaloufie ; &
pour effacer le fouvenir de ce
qu'il en avoit fait paroître, il af-
fectoit la plus parfaite fécurité.
Leurs jours couloient dans les dé-
lices & dans des plaifirs conti-
nuels, qui n'étoient troublés que
par la rencontre ordinaire du
Prince, à laquelle ils commen-
çoient à s'accoutumer, dans l'ef-
pérance de le voir enfin fe laffer
& s'écarter. Deux années fe pafferent ainfi, fans qu'il pût, ou fans
qu'il ofât rien entreprendre de
plus que ce qu'il avoit tenté d'a-
bord ; mais une précaution qu'on
crut devoir prendre contre fes
attaques, lui fournit le moyen
d'aller plus loin.

Aucun fruit n'étoit encore venu du mariage de mon pere ; il en
reffentoit un affez grand déplaifir.
Quelle fut fa joye, lorfqu'il vit
que fa femme donnoit des fignes
de groffeffe ! Le Prince pourfui-

voit le cours de ſes hoſtilités. Son ennemie ſe défendoit victorieuſement; mais elle ſe ſentit enfin fatiguée d'un perſonnage ſi pénible, & quoiqu'elle approchât du tems où elle devoit accoucher, elle pria mon pere de prendre une maiſon à la campagne, d'où elle ne fût pas obligée de ſortir, & où elle fût à l'abri des pourſuites du Prince. Mon pere eut peine à s'y déterminer, conſiderant qu'on manque là de beaucoup de commodités néceſſaires à l'état où ſe trouveroit bientôt ſa femme ; voyant cependant qu'elle le déſiroit abſolument, il loüa le Château de Chreſtat, qui eſt à une journée de Vienne, & ces deux Amans, où ſi l'on veut, ces deux Epoux y allerent demeurer.

Le Prince étoit trop attentif, pour n'être pas inſtruit de cette retraite. Ce fut un coup mortel pour lui, mais ce fut alors qu'il prit une réſolution violente ; &

comme il n'y avoit rien qu'il ne fût capable d'entreprendre, il faifit ce qui fe préfente d'abord à l'efprit d'un furieux en pareille occafion, c'eft-à-dire, le deffein d'enlever fa Maîtreffe.

Il trouva ce projet le plus facile du monde ; il fçavoit que mon pere étoit obligé d'aller fouvent à la Cour. Il difpofa toutes chofes pour la premiere abfence. Elle arriva bien-tôt. Mon pere partit pour quatre ou cinq jours.

Le Prince en fut informé ; cependant quelque diligence qu'il fift, deux jours fe pafferent avant qu'il pût en profiter, & le troifiéme, il partit de Vienne, lui feptiéme, tous montés des mieux & armés de toutes pieces. Le fort les favorifa. On étoit dans le mois d'Avril de l'année 1710. qui fut extrêmement chaud. Quoique Madame de ... qui étoit fur la fin de fon terme, ne comptât pas

devoir accoucher de plus de huit
jours, elle fentoit déja ce jour-là
quelques douleurs; elle étoit def-
cenduë fur le foir dans le Jardin
avec une de fes femmes, à deffein
de prendre l'air & de donner à fes
maux un foulagement qu'on cherche toûjours en pareil cas , &
qu'on cherche inutilement.

Le Prince & fa Brigade arriverent à la même heure à la porte
du Château. Il mit pied à terre ,
& fit faire de même à deux de fes
gens dont il fe fit accompagner;
& prenant, enfuite, le tems que la
porte s'ouvroit pour laiffer fortir
quelqu'un , il entra avec eux
le poignard à la main , demandant brufquement au Portier où
étoit Madame de ... Ce pauvre
homme effrayé voulut appeller à
fon fecours , & fe mettre fur la
défenfive ; mais le Prince lui porta un coup à la gorge , qui lui
coupa la parole & la vie.

Il avance , & trouvant la porte

du Jardin ouverte, il y entre. Le premier objet qui s'offre à sa vûë, c'est Madame de ... se promenant appuyée sur sa femme de chambre. Le bruit de leurs pas lui fit tourner la tête. Quelle fut sa surprise ou plûtôt son effroi, lorsqu'elle vit que c'étoit le Prince, & qu'il se montroit à ses yeux dans un appareil si terrible ! car il couroit vers elle , encore armé du poignard tout sanglant , dont il venoit d'égorger le malheureux Portier. Elle tomba évanoüie entre les bras de sa suivante ; le Prince aussitôt la prit entre les siens. Cette Fille se voyant arracher sa Maîtresse , poussa de grands cris. Un des deux hommes du Prince lui ferma la bouche avec un mouchoir. Un Domestique du Château nommé Pedrillo , accourut cependant au bruit. Le Prince crioit d'une voix menaçante à celui qui retenoit cette fille , de se défaire d'elle.

B

Pedrillo voyant que c'étoit sa chere Marianne, voulut se jetter sur ce Barbare, qui tenoit déjà le poignard levé pour exécuter l'ordre de son Maître ; mais l'autre Domestique du Prince lui déchargea un coup de sabre sur la tête, qui l'étendit à terre sans mouvement. Le cruel à l'instant enfonça le poignard dans le cœur de l'infortunée Marianne, & la jetta à côté de Pedrillo.

Tout ce massacre fut fait en moins d'un quart d'heure. Le Prince chargé de sa proye & ses deux hommes gagnerent promptement la porte du Château, & rejoignirent les autres. Ils piquerent des deux vers le Château de Chremsbourg, qui appartenoit au Prince, & qui est situé à moitié chemin de Chrestat à Vienne, mais à plus d'une lieuë sur la gauche. Au bout d'une heure de course, il fallut traverser un Bois de trois lieuës de longueur. La Lune bril-

loit ce foir-là ; d'ailleurs ayant eu
la précaution d'apporter avec eux
des flambeaux ; ils les avoient allu-
més , enforte qu'ils n'euffent pû
marcher en plein jour avec plus
d'affûrance ni de rapidité.

Le Prince tenoit toûjours Madame de . . . étroitement ferrée
dans fes bras. Elle n'étoit pas encore revenuë de fon évanoüiffe-
ment. Le trouble & la précipita-
tion avoient empêché qu'on ne la
fecourût ; mais quand ils furent
au plus épais du Bois , le Prince
fit faire halte , & par le moyen de
quelques eaux , elle reprit fes
efprits.

Lorfqu'elle fe vit entre les bras
du Prince , qui tenoit fa bouche
collée fur la fiénne , elle penfa
mourir de douleur. Elle voulut
le repouffer , & fe jetter à bas
du Cheval ; fes efforts furent inu-
tils. A peine lui fut-il permis de
détourner le vifage pour ne le
point voir. Un ruiffeau de pleurs

couloit de fes yeux , & parmi les
fanglots que fon cœur pouffoit,
elle l'appella mille fois, barbare,
fcélérat , & de tous les noms injurieux que l'horreur peut infpirer. C'eft de vous , lui dit le Prince , que j'ai appris à être cruel.
Que n'ai-je point fait pour vous
toucher? Quel fupplice ne m'avez-
vous pas fait endurer depuis plus
de deux ans ? Vos mépris m'ont
feuls contraint de recourir à la
violence. Mais , ajoûta-t-il , en
pouffant un foûpir , que ne dois-
je point efperer , Madame , des
foins que je prendrai de réparer
les peines que je vous caufe? Vous
me les pardonnerez en faveur de
l'extrême amour qui me fait agir,
& de tout ce que pourra imaginer,
pour vous plaire , un Prince qui
vous adore. Elle n'eut ni la force,
ni le défir de lui répondre ; elle
ne l'écoutoit pas. On fe remit cependant au galop. Le Bois reten-
tiffoit des cris & des gémiffemens

de Madame de … & l'on peut juger, de plus, en quel état elle devoit être.

Pendant le cours de cette triste avanture, mon pere qui comptoit paſſer quatre ou cinq jours à la Cour, fit tant de diligence, qu'il termina, en deux, toutes ſes affaires, & partit le troiſiéme pour retourner à Chreſtat. Il emmena avec lui trois Gentilshommes Italiens de ſes amis, pour leur procurer pendant quelques jours les plaiſirs de la Campagne, & à ſa femme, de la compagnie. Un des trois Gentilshommes nommé Stampiglia, ſçavoit ſur la droite un chemin plus court que la grande route; il le propoſa. Comme ils étoient tous quatre bien montés, & que mon pere avoit avec lui deux Domeſtiques; ils ne craignirent pas d'être attaqués dans ce chemin détourné, & mon pere, d'ailleurs, ſentit dans ſon cœur un mouvement, qui le porta à fuivre cet avis.

Après avoir marché quelques heures, ils fe trouverent près d'un Château dont la magnifique ftructure arrêta leurs regards, & excita leur curiofité. Stampiglia leur apprit qu'il étoit au Prince P... Mon pere ne put s'empêcher de fentir à ce nom, l'émotion qu'il avoit toûjours, lorfque le hazard le lui faifoit entendre. Stampiglia, qui étoit fon intime, & qui fçavoit, comme tout Vienne, les extravagances du Prince, dit tout bas à mon pere. Je fçais ce qui fe paffe maintenant dans votre ame ; puis, élevant la voix : Meffieurs, dit-il, d'un air enjoüé, il faut entrer dans ce Château & y mettre le feu. Non, dit mon pere, s'il falloit brûler quelque chofe, ce ne feroit pas le Château. Je demande grace pour tout le monde, dit le Comte Gibertini, point d'incendie, mais entrons ; & que le

Prince y foit ou non, parbleu, voyons fi nous pourrons nous y réjoüir. Le Marquis Roberti, qui étoit le quatriéme, opina de même ; & fans écouter mon pere qui s'y oppofoit, il alla en effet demander au Concierge, fi on pouvoit voir le Château ; le Concierge fit réponfe que Monfieur le Prince n'y étoit pas, mais qu'il feroit fon poffible pour bien recevoir ces Meffieurs ; que fon Maître, au refte, ne pouvoit pas tarder, & feroit de retour fur le foir.

Mon pere voyant que le Prince n'y étoit pas, ne voulut pas priver fes amis du divertiffement qu'ils pouvoient prendre. Il fe contenta de leur recommander la moderation, & de défendre à fes Domeftiques de dire qui ils étoient, jugeant néceffaire de paffer en cette occafion pour des Seigneurs Etrangers nouvellement arrivés dans le Pays, & qui

visitoient les environs de Vienne.
La Compagnie fut accueillie par
un Valet de Chambre, qui, heureusement, ne connoissoit pas mon
pere : mais comme il étoit préve-
nu de l'affaire de Chrestat, & qu'il
sçavoit que le Prince seroit très
fâché de trouver, à son arrivée, du
monde dans son Château, il se
mit dans une si grande colere
contre le Concierge, de ce qu'il
recevoit ainsi quelqu'un sans sa
permission, que si on ne les eût
séparé, ils alloient s'égorger. Mon
pere proposoit de se retirer ; mais
ce zelé serviteur faisant réflexion
qu'il ne falloit pas laisser soupçon-
ner le sujet de son emportement,
feignit de s'appaiser & les retint,
comptant d'ailleurs que ces Mes-
sieurs ne resteroient pas jusques au
retour du Prince. Il leur demanda
pardon de son incartade, les conduisit fort poliment par tout, &
leur fit voir tout ce qu'il y avoit
de curieux dans le Château.

S'ils

S'ils le trouverent riche & fu-
perbe, cela n'eft pas douteux. J'en
fupprime la defcription ; le Lecteur fçait ce que c'eft qu'un beau
Château. Je m'arrêterai feulement
dans un Sallon où tout fe prépa-
roit pour un repas fplendide ; le
couvert y étoit déja mis pour deux
perfonnes feulement. Le Valet de
Chambre, qui pour réparer fa
faute s'étoit mis fur le ton plai-
fant, dit que c'étoit pour le Prince & une Dame de fes amies, extrêmement aimable, qui avoit fait
un peu la cruelle, mais qu'il avoit
enfin déterminée à un tête à tête ,
pour le foir de ce jour-là ; & ce
Domeftique fi difcret en auroit
peut-être dit davantage , fi on
avoit eu l'indifcretion de l'inter-
roger.

Mon pere fentit à ce difcours
une efpece de frémiffement ; mais
voyant fes amis qui rioient , il fe
mit à rire auffi, ne trouvant, au fond,
rien de commun entre fes affaires

C

& celle-là. Au contraire, il se ré-
joüit des amourettes du Prince,
qui pouvoient à la fin le distraire
de son amour.

Ils passerent dans un Cabinet,
où tout étoit disposé pour le char-
me de l'odorat, & pour la propre-
té la plus sensuelle. Corbeilles &
pots de fleurs, Parfums à brûler,
Beaumes exquis à bassiner tout le
corps, rien n'y étoit épargné, &
tout étoit par couple. Une Chambre étoit ensuite, apparemment
destinée au repos, & où ils reconnurent qu'on avoit aussi tout pré-
vû pour le même nombre de personnes.

Ces objets les ayant mis de
belle humeur, joint à ce qu'ils
n'étoient pas naturellement mé-
lancoliques, ils accepterent une
collation que le Valet de Chambre leur offrit, & burent copieu-
sement à la santé du Prince &
de ses amours. Ils ne laisserent pas
de pousser plus loin qu'ils ne s'é-

toient imaginé , & que le Valet
de Chambre ne s'y étoit attendu.
Le jour commençoit à baisser ; il
trembloit que son Maître n'arrivât,
& il étoit sur le point d'envoyer
audevant de lui, lorsque mon pere & ses amis s'appercevant qu'il
étoit tard , & n'ayant pas dessein
de troubler le rendez-vous du
Prince , prirent liberalement congé de leur hôte & partirent. Celui-
ci se persuadant aisément que leur
chemin étoit du côté de Vienne,
& ne s'adonnoit pas du côté du
Bois , qui étoit à quelque distan-
ce du Château, demeura tranquille, & bénit le Ciel de leur visite
ainsi que de leur départ.

Nos Cavaliers cependant pour-
suivirent leur route , & entrerent
dans le Bois, pleins d'assûrance &
de gayeté. J'ay oüi dire mille fois
à mon pere , que quoiqu'il se re-
pentît de s'être tant attardé , &
que de momens à autres, il sentît
quelques inquiétudes, il ne s'étoit

jamais trouvé généralement plus guay. C'étoit une sorte de Comedie pour lui de s'être ainsi diverti chez le Prince avec ses amis, sans qu'il en pût rien sçavoir. Car ses ordres avoient été exactement suivis; personne ne les avoit reconnus, & il se faisoit une fête de faire rire sa femme de cette petite avanture.

Lorsqu'ils eurent fait une lieuë dans le Bois, ils entendirent plusieurs Chevaux, qui galoppoient à toute bride, & découvrirent, au loin, la clarté de quelques flambeaux. La curiosité leur fit doubler le pas. Lorsqu'ils furent plus près, les cris d'une femme qui sembloit toucher à son dernier moment, frapperent leurs oreilles. Ils en furent émûs, & mon pere surtout à qui l'amour donnoit alors un cœur sensible, fut le premier à dire, malgré sa prudence ordinaire, qu'il étoit de leur devoir de donner du secours à cette infortunée, que ce pouvoit être quelque perſonne de diſtinction, & que qui que ce fût, elle devoit inſpirer de la compaſſion ; que ſes raviſſeurs ne pouvoient être que des Aſſaſſins ou d'autres Brigands, qui méritoient la mort ; que de tels lâches n'étoient pas redoutables, & qu'on n'avoit qu'à le ſuivre, qu'il alloit les attaquer.

En diſant ces mots, il pouſſa droit à eux, & ſes amis le ſuivirent. Cette troupe ennemie fut contrainte de s'arrêter. Mais que devint mon pere, & quelle fut ſa ſurpriſe & ſa rage, lorſqu'étant à portée de diſtinguer mieux les cris qu'il avoit entendus, il reconnut la voix de ſon épouſe ! Ah ! Dieu, s'écria-t-il, c'eſt ma femme ! Percé juſques au fond de l'ame, on ne peut ſe figurer la rapidité avec laquelle il fondit ſur de ſi cruels ennemis. Le premier qui ſe rencontra au-devant de ſes pas, fut renverſé mort ſur la place. Ses amis & ses domestiques le seconderent avec la même fureur. Quel spectacle, grand Dieu, pour les yeux d'un époux tendre & passionné, comme mon pere ! Son épouse mourante entre les bras du Prince. Elle reconnut mon pere, & lui tendit les bras. Le Prince le reconnut aussi ; & voyant le combat inévitable, il anima ses gens ; & dès qu'il eut vû tomber celui que mon pere avoit frappé, il tira un coup de pistolet. Le cheval de mon pere s'étant cabré dans le moment, reçut le coup dans la poitrine, & tomba roide mort. S'en étant agilement débarrassé, mon pere sauta l'épée à la main, à la bride du cheval du Prince, & pointa l'un & l'autre de toute sa force. Le Prince se couvroit de son mieux du corps de Madame de... qu'il sçavoit bien que son ennemi ne perceroit pas ; & comme il avoit eu le tems de se saisir d'un autre pistolet ; il lâcha son second coup, qui portoit à la tête de mon pere , si le bras de cette chere épouse n'eût détourné celui du Prince. Le cheval se sentant blessé , fit tant d'efforts qu'il rompit sa bride , & lança dans la poitrine de mon pere une violente ruade , qui le jetta par terre sans mouvement.

Le combat n'étoit pas moins furieux entre les cinq hommes , qui restoient au Prince & les amis de mon pere & ses domestiques. Ces deux domestiques & deux hommes de la part du Prince avoient été tués par le feu des pistolets. Les autres combattoient à coups de sabres & d'épées.

Le cheval du Prince n'étant plus retenu , se mit à courir à travers le Bois , franchissant arbrisseaux & fossés , & tout ce qui se rencontroit à son passage.

Le Prince s'étant inutilement efforcé de l'arrêter , se contenta de le serrer le plus ferme qu'il pût , & de bien tenir Madame de . . .

jufques à ce que l'animal ayant donné de la tête contre un arbre, & perdu fes forces avec fon fang, tomba enfin & les renverfa tous deux.

Le Prince alors s'apperçut qu'il étoit bleffé ; mais fon premier foin fut de relever Madame de .... qui avoit de nouveau perdu tout fentiment ; il fe jetta à côté d'elle, la reprit dans fes bras, & après l'avoir un peu ranimée, il ôta fon habit, l'étendit au pied d'un arbre & la pofa deffus, lui appuyant la tête contre l'arbre, afin de pouvoir donner quelques momens de foins à fa bleffure, qui commençoit à faigner à gros boüillons. L'amour & la colere l'avoient jufques là foutenu ; mais ayant perdu beaucoup de fang, la foibleffe le prit, les jambes lui mànquerent, & il fe fentit tomber malgré lui. Quelles réflexions ne fit-il pas en ce moment ! Quelle eft la folie de l'amour ! Sa bleffure étoit

du côté du cœur ; il vit bien qu'il
falloit mourir. Ah ciel ! s'écria-t'il,
que je suis malheureux ! La vûë
de la mort le mit dans un tel désespoir, qu'il se traîna près de Madame de… & tirant son poignard :
Cruelle, dit-il d'une voix forcée,
c'est toi qui es cause que je meurs:
mourrai-je sans me venger ? En
achevant ces mots, il leva le
bras pour la percer ; mais ayant
rencontré ses yeux, ces yeux qui
sembloient faits pour attendrir le
cœur le plus féroce, il perdit toute
sa fureur, & se sentit atteint du sai-
sissement le plus tendre. Cette ré-
volution hâta sa mort. Il jetta son
poignard, prit une main de Madame de… la serra fortement dans les
siennes, & dit ensuite d'une voix
presque éteinte : Ah, Madame !
me pardonnerez-vous mon transport ? Je vous demande pardon de
tout ce que j'ai tenté contre vous.
Je meurs ; je ne suis point assez puni, mais puissiez-vous vous con-

tenter de ma mort, & oublier mes forfaits, je mourrai trop content à ce prix. Il ne faudroit pas être du sang des hommes, pour rester insensible à ce discours & à une pareille situation. Malgré l'état où Madame de . . . étoit elle-même, & malgré tout ce qu'elle avoit à reprocher à ce Prince, cette généreuse personne ne put s'empêcher d'être émûë de compassion, & de lui témoigner, par un regard, qu'elle lui pardonnoit. Ce Prince malheureux lui baisa la main, & rendit le dernier soupir.

Ce terrible instant fit frémir Madame de . . . . L'idée de ce Prince mort, étendu près d'elle, la remplit d'effroi. Sa terreur s'accrut encore, car la Lune qui avoit éclairé jusques alors, vint à se cacher, & le Bois à devenir sombre. Tout ce qu'elle avoit souffert dans son enlevement, dans le combat & dans sa chûte, joint à l'inquiétude que lui donnoit

le sort de son époux, se réü-
nit en ce moment pour l'acca-
bler. Dans cette funeste situation,
elle sentit qu'elle alloit accoucher.

Le combat cependant avoit été
aussi opiniâtre que sanglant. Stampiglia avoit bien vû tomber mon
pere, mais les gens du Prince se
défendoient si vigoureusement,
qu'il n'avoit pû aller à son secours.
La victoire s'étoit enfin déclarée
pour le parti le plus juste. Leurs
perfides adversaires avoient été
terrassés, sans qu'ils en eussent reçû aucune blessure, si ce n'est le
Comte Gibertini, un leger coup
de sabre à la cuisse. Le premier
mouvement de ces généreux amis,
fut de chercher mon pere ; mais
la Lune s'étoit retirée, & les flambeaux avoient été rompus & é-
teints dans le combat.

Mon pere, après avoir repris
ses sens, avoit fait tous ses efforts
pour se relever, mais n'ayant pû

se soutenir, il étoit retombé ; en
sorte que pendant le combat, il
étoit resté dans un fort triste état.
Lorsqu'il put juger qu'on avoit
cessé de se battre, & que ses amis
étoient vainqueurs, il se fit entendre en appellant son cher Stampiglia. Ils reconnurent sa voix, &
coururent à l'endroit où il étoit.
Stampiglia le mit devant lui sur
son cheval. Mon pere demanda
d'abord où étoit son épouse. Ils ne
sçurent que lui répondre. Ce silence lui fit connoître qu'elle n'a-
voit pû s'échaper des mains de son
ravisseur ; mais il dit qu'il étoit sûr
d'avoir blessé à mort le Prince &
son Cheval ; qu'ils ne pouvoient
être sortis du Bois, & qu'il n'en
sortiroit point lui-même, qu'il
n'eût retrouvé sa femme.

Comme il n'y avoit pas loin de
là à Chrestat, & que malgré l'obscurité, on ne laissoit pas de voir
à se conduire, quand on étoit
dans le chemin, le Comte Giber-

tini fe chargea d'y aller demander
les fecours néceffaires ; tandis que
mon pere, Stampiglia, & le Marquis Roberti fe mirent à chercher
dans le Bois à l'avanture.

Après avoir fait plufieurs tours,
& lorfque mon pere commençoit
à fe défefperer, ils entendirent des
cris qui reffembloient à ceux d'un
enfant qui vient de naître. Ils ap-
procherent & entendirent une
femme fe plaindre & foupirer.
Mon pere ne douta point que ce
ne fût la fienne ; plein de joye &
d'inquiétude, il fe jetta à bas du
cheval, & fe traînant vers le lieu
où ces plaintes l'attiroient, il cher-
cha ce cher & pitoyable objet de
toute fa tendreffe, l'appellant de
tous les noms que l'amour lui pouvoit infpirer. Il rencontra enfin
une de fes mains & la baifa mille
fois & avec larmes. L'abattement
où il étoit, ne lui permettoit que
l'ufage des foupirs. Elle le reconnut, & approchant fon vifage du

sien, elle lui dit d'une voix foible:
Ah, mon cher, je me meurs!
Mon pere qui se mouroit lui-même, ne put lui répondre que par
des gémissemens. Où trouver des
expressions qui puissent représen-
ter une situation si triste. Il avoit
lieu de penser que sa femme alloit
expirer, & qu'il ne l'avoit recou-
vrée que pour la perdre aussi-tôt
plus douloureusement. D'autre
part, l'enfant crioit, & sembloit
demander des soins, sans lesquels
il étoit sur le point de périr. Aussi
infortuné pere, que malheureux
époux, il eût acheté de tout son
sang le pouvoir de donner à l'un ou
à l'autre le moindre secours; il é-
toit accablé & presque sans mouvement. Ses amis aussi troublés
que lui, ne sçavoient que résoudre:
Stampiglia neanmoins prit son parti, & se détermina à donner quelques soins à Madame de…La nature heureusement les avoit préve-
nus; il en fut quitte pour prendre

l’enfant : il le donna au Marquis Roberti, qui le mit dans fon fein.

Mais de fi foibles fecours n’a-voient garde de fuffire, & ceux qu’on attendoit de Chreftat ne devoient pas arriver fi-tôt. Faloit-il laiffer encore la mere & l’en-fant dans cet état, expofés à toutes les injures de l’air ? Faloit-il auffi rifquer de les tranfporter fur des chevaux ? c’étoit vouloir faire pé-rir la mere. Elle commençoit ce-pendant à donner quelques fignes de vie ; & comme elle avoit beau-coup de courage, elle dit bien-tôt à fon époux, qu’elle fe fentoit mieux. Ces paroles le fortifierent ; & Stampiglia toujours officieux, & d’une imagination vive, dit, qu’il faloit s’en aller fans attendre plus long-tems, & qu’il fçavoit bien le moyen d’empêcher qu’il n’en arrivât aucun accident.

En effet, le Marquis & lui, mi-rent mon pere fur un des deux che-vaux qui leur reftoient, & le chargerent du soin de garder son enfant, laissant l'autre cheval attaché à un arbre. Ils croiserent ensuite leurs mains, & poserent la mere dessus. Mon pere frayoit le chemin dans l'épaisseur du Bois; ses amis le suivoient, portant ainsi sa femme sur leurs bras.

Ils avoient déja marché quelque tems de cette maniere, à travers des arbrisseaux & des broussailles, heurtant assez souvent contre des arbres; & ils n'avoient pas encore trouvé le grand chemin, lorsqu'appercevant de la clarté, & entendant le bruit de quelques équipages, ils reconnurent qu'ils n'en étoient pas éloignés. Quelle fut leur satisfaction! lorsqu'ils virent que c'étoit le Comte Gibertini qui revenoit avec un carosse & un grand nombre de domestiques à cheval, munis de tous les secours qu'on pouvoit esperer pour soulager & transporter des personnes blessées! Il avoit fait si

grande

grande diligence, que se conten-
tant d'appliquer quelques linges
sur sa plaie, il étoit ainsi revenu
en moins d'une heure. Voilà comme font, j'ose le dire, les amis en
Italie.

On eut bien-tôt fait un lit avec
des sangles, des perches & des
bâtons, bien couvert & bien ga-
ranti par des tapis soutenus en for-
me de rideaux. Madame de…
fut mise avec son enfant sur ce lit,
& quatre hommes le porterent,
environnés de beaucoup d'autres
qui avoient des flambeaux allu-
més, & veilloient à la sûreté du
transport. Mon pere vouloit ab-
solument marcher à côté du bran-
card, mais ses amis lui firent violence là-dessus ; & comme il étoit
lui-même fort incommodé, ils le
forcerent de monter dans le carosse. Le Comte Gibertini & le
Marquis Roberti y monterent
aussi ; & Stampiglia à cheval,
marcha à côté de Madame de…

tâchant de la récréer par differens contes que sa belle humeur lui suggéroit toujours.

Il envoya deux hommes chercher le cheval qu'il avoit laissé à l'arbre. Le hennissement de ce cheval les guida : mais, à peine furent-ils arrivés, qu'ils le virent rompre sa bride & s'enfuir au travers du Bois ; ensorte qu'ils ne purent l'avoir. Un sabre garni de pierres précieuses, qu'ils trouverent à leurs pieds, les excita à chercher s'ils ne trouveroient pas autre chose ; ils ramasserent en effet un chapeau à plumet, dont le bouton étoit de diamant, & quelques autres hardes & bijoux. A deux pas de là, ils rencontrerent le corps d'un cheval à demi mangé, & plus loin les restes du corps d'un homme. Ils ne crurent pas à propos de pousser plus loin, & se hâterent de rejoindre leurs maîtres. Ce sabre, ce chapeau, & leur récit, firent juger que c'étoit le

Corps du malheureux Prince P...
qui avoit été dévoré par quelque
bête fauvage. On laiſſe à penſer à
quel péril la mere & l'enfant a-
voient été expoſés, & l'on va voir
dans un moment, quelle avoit été
la grandeur de ce péril.

Lorſque mon pere ſe vit dans
le caroſſe avec ſes deux amis, il
laiſſa pour quelque tems les inquiétudes que lui donnoient ſa
femme & ſon enfant, pour ſe li-
vrer tout entier aux tranſports de
la joye & de la reconnoiſſance.
Il ne put s'empêcher de verſer des
larmes en embraſſant des amis à
qui il avoit tant d'obligation. Il
plaignit le Comte de ſa bleſſure,
& ſe plaignit lui-même de n'avoir
pû la lui parer, ſe reprochant enfin d'en avoir été la cauſe. Le généreux Comte fit diverſion ſur cet
article, en lui demandant s'il ſçavoit de quel ſexe étoit ſon enfant.
Mon pere lui répondit que non,
& que la curioſité de ce fait, ne

lui étoit pas encore venuë. On ne
songe guéres, ajoûta-t-il, à de pa-
reilles circonstances, lorsqu'on est
si puissamment interessé pour les
objets qui l'accompagnent. Mon
pere faisoit demander à chaque
instant, comment se portoit sa
femme ; il alloit s'informer par la
même voie quel étoit leur enfant,
lorsque Stampiglia, qui n'avoit
pas voulu differer de s'en instruire,
vint lui dire que c'étoit un garçon.
Le contentement fut grand, & la
santé, de part & d'autre, n'en alla
que mieux.

Hélas! dit Madame de. . .à Stampiglia, que cet enfant doit m'être
cher! Il m'a déja sauvé la vie ; car
enfin, mon cher Stampiglia, quelques momens avant que je l'eusse
mis au monde, le Prince étoit expiré à mon côté; & une bête sauva-
ge, qui sembloit n'attendre que cet
instant, étoit venuë s'emparer de
son corps. Elle le dévoroit à deux
pas de moi, lorsque j'ai accouché.

Qui peut penser que cet animal féroce eût voulu me respecter, & qu'il ne fût pas venu à moi, peut-être avant que d'achever le Prince? Mais, mon fils, mon cher fils ! à peine l'a-t-il été, que, par ses cris, il a fait fuir notre ennemi commun, & a, par là, sauvé les jours de sa mere, & conservé les siens.

O destin ! qui produit des événemens si bizarres, ne permets pas que la surprise qu'ils causent, empêche de les croire. La vérité passe souvent la vraisemblance : Et vous, ô Ciel ! à quels malheurs m'avez-vous donc destiné, puis-que l'époque de ma naissance est déja marquée par de si cruelles avantures ? C'est moi qui suis ce même enfant né dans le trouble & dans le danger, au milieu des horreurs du carnage, & dans une conjoncture qui pense coûter la vie à mes parens, & à me la ravir à moi-même. L'expérience a bien confirmé le présage ; & sans un peu

de vertu, j'aurois bien des fois fou-
haité avoir été la proie de la bête
farouche, pourvû qu'elle eût épargné une mere incomparable, que
j'ai aimé plus que ma vie. Je ne
fuis pas encore d'un âge fort avan-
cé, que me refte-t'il à éprouver?

Fin du premier Livre.

MEMOIRES

DE

MONSIEUR DE ***,

Traduits de l'Italien par lui-même.

LIVRE DEUXIÈME.

 N arriva enfin à Chref-tat, où l'on mit tout en usage pour réparer les maux soufferts. Le Ciel bénit ma mere, elle n'eut aucunes suites fâcheuses d'une si dangereuse couche. Elle voulut m'avoir à côté d'elle, & l'on fut obligé de la contenter.

Le malheureux Pédrillo, qu'un

des hommes du Prince avoit ſi cruellement renverſé d'un coup de ſabre, auprès de ſa chere Mariane, n'en avoit pas été tué, mais très-dangereuſement bleſſé. Mon pere le fut voir, & ſçut de lui, ce qui s'étoit paſſé dans le jardin. On eut grand ſoin de ce domeſtique, que mon pere aimoit beaucoup; mais la perte de Mariane étoit un trop fort obſtacle à ſa guériſon: la mort l'emporta en peu de tems.

Le jour même qui ſuivit une nuit ſi ſanglante, Stampiglia & le Marquis Roberti allerent à Vienne, rendre un compte exact à l'Empereur de tout ce qui s'étoit paſſé. Sa Majeſté parut indignée de la témérité qu'avoit euë le Prince; elle s'inſtruiſit pleinement de l'affaire, & manda enſuite mon pere, qui vint ſe jetter à ſes pieds. L'Empereur le fit relever, en lui diſant: »Je te donne ta grace, & » je la donne d'avance à tous les » meurtriers de ton eſpece. «

L'Imperatrice

L'Imperatrice eut la bonté d'envoyer plusieurs fois à Chreſtat, ſçavoir des nouvelles de Madame de… & de lui faire même porter quelques préſens. Leurs Majeſtés ne s'en tinrent pas là, elles voulurent tenir l'enfant ſur les fons de Baptême. Je fus donc baptiſé au nom de l'Empereur Joſeph & de l'Imperatrice, repréſentés par Stampiglia & la Baronne de Krinſtert.

On avoit choiſi pour moi tout ce qu'il y avoit de mieux en nourrice : mais ma mere ſe vit à peine hors de danger, qu'elle voulut m'allaiter elle-même. Mon pere eut beau lui repréſenter les riſques qu'elle courroit dans une entrepriſe ſi périlleuſe, elle témoigna tant de chagrin de ce qu'on lui refuſoit cette ſatisfaction, qu'on fut contraint de la laiſſer faire. Jamais mere, en effet n'a eu plus de tendreſſe pour ſon fils, que la mienne n'en a eu pour moi : mais jamais

E

fils auſſi n'a plus aimé ſa mere,
que je n'ai aimé la mienne. Je ſup-
plie le Lecteur de me pardonner
la digreſſion que la douleur me
cauſe en ce moment. Il n'y a pas
encore long-tems que je l'ai per-
duë. Cette perte ſera pour moi
une ſource inépuiſable de larmes.
Il ſera facile de juger par la ſuite,
ſi j'ai ſujet de la regretter.

C'étoit peu d'être ma nourrice,
elle étoit auſſi ma garde perpe-
tuelle. J'ai oüi dire, qu'elle ſe re-
levoit ſouvent pour aller paſſer la
nuit auprès de mon berceau que
mon pere faiſoit éloigner, afin
qu'elle pût dormir plus tranquil-
lement. Sur le matin, elle retournoit ſe coucher, & quand mon
pere étoit levé, elle me mettoit à
ſa place, me carreſſant, ou m'allai-
tant ſans ceſſe. Il ſembloit que la
nature m'inſpirât & me donnât, dès
lors, de la reconnoiſſance. Pendant
le tems que m'avoit eu la nourrice
étrangere, je n'avois ceſſé de jetter

des cris; & loin de profiter, j'avois paru dépérir. Lorſque ma mere eut commencé à me nourrir, il ne fut plus queſtion de m'entendre crier, & je profitai à vûë d'œil.

Mais ſi cette nourriture me devint avantageuſe, il n'en alla pas de même de ma mere. Les incommodités que mon pere lui avoit fait appréhender, ne manquerent pas de lui arriver. Sa complexion étoit trop délicate, pour ſoûtenir long-tems une ſi rude peine. Elle tomba, au bout de quatre mois, dans un ſi grand affoibliſſement, que non ſeulement elle fut obligée d'y renoncer, mais il ſe trouva très-difficile de la rétablir; & ce ne fut qu'après avoir eſſuyé une groſſe maladie, qu'elle reprit ſes forces & ſon embonpoint.

D'un autre côté, ce ne fut pas une choſe aiſée que de pourvoir à ma conſervation. Il fut impoſſible de me faire prendre du lait d'une autre nourrice. Mon pere étoit au

défefpoir, croyant encore qu’il
nous alloit perdre tous deux. On
effaya de me donner du lait de
vache, je n’en voulus point. Il
n’y eut plus qu’une reffource, laquelle réüffit, ce fut de m’en faire
préfenter par ma mere, je le pris
avidement de fa main ; ainfi il fallut que ma mere continuât à m’en
faire prendre jufques à ce qu’on pût
me févrer tout-à-fait. Mais cette
forte de nourriture m’occafionna
bien-tôt une avanture, que le Lecteur ne fera peut-être pas fâché
d’apprendre.

Un jour que ma mere me donnoit ainfi du lait, elle s’apperçut
qu’à mefure que j’avalois, mon
eftomach s’enfloit, & que je pâ-
liffois. Elle difcontinua, mais l’en-
flure augmenta toujours, jufques
au point, qu’il fembloit que les
linges qui m’emmaillotoient alloient fe déchirer, avant qu’elle
eût le tems de les défaire. Elle
en fut faifie d’effroi, & appella

promptement du secours : elle en avoit besoin elle-même. Un médecin habile, autant qu'on puisse l'être, que mon pere avoit au logis pour ma mere, jugea que j'étois empoisonné. Il me donna d'une eau qui me fit rendre gorge, & je fus bien-tôt soulagé.

Les choses n'en demeurerent pas là ; on examina ce qui étoit resté du lait, il se trouva tourné & verdâtre. Ma mere n'avoit pû s'en appercevoir, à cause de l'obscurité qui regnoit dans sa chambre. Mon pere prit le lait, & suivi de trois de ses domestiques, il alla chez la jardiniere qui le fournissoit. Ces paysans furent surpris de la visite de mon pere, & bien plus encore de l'air & du ton effrayant avec lesquels il leur demanda brusquement, ce qu'ils avoient mis dans le lait de son fils : tenez, voyez, leur dit-il, il est empoisonné, & il a empoisonné mon fils. Ce mot les fit frémir, & désola sur tout la

jardiniere, qui se mit à faire les
hauts cris & à fondre en larmes.
Mon pere insistant cependant à
demander ce qu'il pouvoit y avoir
dans ce lait, ils lui protesterent,
avec des signes de désespoir, qu'ils
n'y avoient rien mis, qu'ils ne sçavoient ce qu'il pouvoit y avoir, &
qu'au contraire, ils l'avoient, comme de coûtume, couvert très-soi-
gneusement. Mon pere ne croyant
pas devoir s'arrêter ainsi d'abord à
des démonstrations, qui, dans ces
sortes de gens sont souvent trom-
peuses, tira son épée, & menaça
de les tuer, s'ils ne disoient la vérité. Ils se jetterent à ses pieds,
embrasserent ses genoux, & lui
dirent, que leur vie étoit en ses
mains. La jardiniere même le
prioit de ne la pas épargner, disant,
qu'elle ne pouvoit survivre à son
cher nourrisson. Le jardinier cependant appella sa fille Marguerite, & lui demanda s'il n'étoit rien
tombé dans le lait qui pût le gâter?

mais cette fille qui n'avoit que treize à quatorze ans, eut tant de peur, en voyant l'épée de mon pere, qu'on ne put tirer un seul mot de sa bouche.

Mon pere vit bien qu'il faloit s'y prendre par douceur. Il remit son épée, & flatta la petite fille pour la faire parler. Quand elle fut bien remise, & que mon pere lui eut fait présent de quelque bagatelle, elle lui dit d'un air ingénu, qu'en conscience elle n'avoit rien mis dans le lait, & qu'elle ne sçavoit pas non plus s'il y étoit tombé quelque chose ; que Gabriel seulement, qui badinoit toujours, l'avoit pris dans ses mains, mais qu'il le lui avoit rendu dans le moment. Il fut question de sçavoir qui étoit ce Gabriel. La jardiniere répondit, que c'étoit le fils du jardinier de Kremsbourg, qui aimoit Marguerite & vouloit l'épouser, & qu'il venoit les voir presque tous les deux jours ; mais que c'é-

toit un joli garçon, & qu'il n'étoit
pas capable de commettre une
méchante action. Mon pere ne
pouvant rien tirer de plus de la
bouche de ces gens, les jugea in-
nocens, & tous ses soupçons tom-
berent sur ce Gabriel, qui venoit
de Kremsbourg; mais il se garda
bien de leur laisser entrevoir ce
qu'il en pensoit.

Il feignit de changer d'idée sur
l'accident arrivé à son fils. Il con-
sola la jardiniere, en lui disant,
que non seulement il n'en étoit
pas mort, mais qu'au moyen du
prompt secours qu'on lui avoit apporté, il étoit sans danger; qu'on
avoit peut-être attribué, mal-à-
propos son incommodité à la mau-
vaise qualité du lait; que cela venoit de la quantité qu'il en avoit
prise, ou de quelque disposition
naturelle : Au reste, ajoûta-t-il,
prenez garde seulement, à l'avenir, que le lait ne se tourne. Je suis
bien aise d'avoir eu lieu de con-

noître votre fidelité & vos bons sentimens. Continuez de la même maniere ; & lorsqu'il sera question de marier votre fille, informez-m'en. Ces dernieres paroles firent leur effet, car dès que mon pere se fut retiré, ils envoyerent exprès à Kremsbourg, pour dire à Gabriel qu'ils avoient de bonnes nouvelles à lui apprendre, & qu'il vînt sans faute le lendemain.

Cependant mon pere mit des gens au guet pour l'avertir aussi-tôt qu'on verroit arriver le jardinier de Kremsbourg chez son préten-du beau-pere.

Celui que ces paysans envoye-rent à Kremsbourg, ne put par-ler à Gabriel. Le jardinier ju-gea à propos d'y aller lui-même le lendemain, mais il n'y étoit plus ; & ceux à qui il parla, lui dirent qu'il étoit allé à Vienne. Trois se-maines se passerent ainsi, sans qu'-on en eût aucune nouvelle.

Pendant ce tems-là, mon pere

fut lui-même à Kremsbourg, pour s'informer à des gens du lieu, ſi l'on connoiſſoit Gabriel, fils du jardinier du Château. On lui dit que non, & que le jardinier n'avoit point de fils. Ses ſoupçons s'augmenterent ; il parla à ce jardinier lui-même, & lui demanda s'il connoiſſoit le jardinier de Chreſtat ? Il lui répondit que non : en ſorte que mon pere s'en revint avec la penſée que l'empoiſonneur de ſon fils n'étoit pas de Kremsbourg, mais de Vienne.

Il ſe confirma encore dans cette opinion, lorſque s'étant informé du Jardinier s'il avoit vû Gabriel; cet homme lui rapporta ce qu'il avoit appris à Kremsbourg lorſqu'il y étoit allé.

Au bout de ces trois ſemaines, on vint un matin éveiller mon pere, pour lui dire qu'on avoit vu entrer le jeune Païſan de Kremsbourg chez le Jardinier; mon pere se leva précipitamment, & y courut. Il entra, comme l'autre fois, sans se faire annoncer, ordonnant que toutes les portes fussent gardées.

Il fut frappé d'étonnement à la vuë de ce Gabriel : C'étoit un grand jeune homme, aussi beau que bien fait, d'une phisionomie noble & délicate, & qui n'avoit rien moins que l'air villageois. Il changea de visage en voyant mon pere, qui, sans autre retardement, lui commanda de le suivre, sous prétexte qu'il vouloit examiner avec lui l'affaire de son mariage avec Margueritte. Gabriël parut un peu repugner, mais sentant bien apparemment que la résistance seroit vaine, il se mit en marche. Mon pere le conduisit dans une chambre du château assez écartée, où s'étant enfermé avec lui, il posa sur la cheminée une paire de pistolets qu'il avoit jugé à propos d'apporter sous sa robe.

La vuë de ces armes fit frémir ce
jeune homme. Mon pere s'en apperçut, & lui dit, en le faisant af-
feoir auprès de lui : raffurez-vous,
faux Gabriël, vous n'avez rien à
craindre ; Mais je prétends percer
un miftere odieux, dont il paroît
que vous avez la clef. Le jeune
homme, à ces paroles, voulut affecter de la furprife, & faire croire
à mon pere qu'il fe méprenoit ;
qu'il n'étoit autre que le fils du
Jardinier de Kremsbourg, amoureux de Marguerite, & qu'il venoit pour l'époufer. Arrêtez, lui
dit mon pere, ce n'eft point par
cette voïe que vous vous tirerez
d'affaire avec moi. Ecoutez ce que
je vais vous dire, & vous conful-
terez enfuite de quelle façon vous
devez me répondre.

Vous vous déguifez vainement,
pourfuivit mon pere, vous n'êtes
pas ce que vous voulez paroître ;
votre air, votre maintien, le
moindre de vos geftes & de vos

regards, vous avez beau les con-
trefaire, tout vous trahit & décele
qui vous êtes. La naiſſance dont
je vous ſuppoſe, m'aſſûre de
votre éducation, & tout annonce
en vous une belle ame & de la
vertu. Cependant, qui le croiroit
en vous voyant ; ce jeune homme ſi aimable, & qui prévient ſi
fort en ſa faveur, a pû renoncer
aux principes qu'il doit avoir re-
çu, étouffer tous ſentimens d'honneur & d'humanité, & ſe déſa-
voüer totalement lui-même, pour
ſe ſoüiller du plus noir de tous
les crimes ; car enfin, vous ne le
nierez point, & je ne vous crois
pas aſſez fait aux forfaits pour
ſçavoir ſoûtenir une fauſſe innocence, c'eſt vous qui avez voulu
empoiſonner mon fils, qui vous
étiez ſervi du moyen le plus ſûr
pour y parvenir, & qui ne reve-
niez, peut-être encore, que guidé
par le même deſſein. Vous recon-
noiſſez-vous vous même à de pa-

reils traits? Dites-moi, que vous avoit fait mon enfant, pour vouloir sa mort? Que vous avois-je fait moi-même, pour me percer ainsi le cœur? Vous ai-je jamais desservi? Ai-je refusé de vous obliger? Hélas! je ne vous connois point, & à peine peut-être me connoissez-vous? Vous jugez bien, au ton dont je vous parle, & aux larmes que je répands, que vous n'avez rien à redouter de ma part: Dites-moi donc la verité: Qui vous a poussé à commettre une action si horrible? Je suis trop sûr que la pensée n'en est pas venuë de vous.

Lorsque mon pere eut achevé ce discours, le jeune homme qui, pendant qu'il parloit, s'étoit caché le visage avec ses deux mains, les joignit, & les porta à son front, les bras élevés, s'appuyant la tête sur elles & demeura quelque tems dans cette situation: Puis, en poussant un grand soupir, il laissa tomber ses mains sur sa poitrine, & levant au Ciel ses yeux noyés de pleurs, & un visage couvert de confusion, il se jetta aux pieds de mon pere, sans prononcer une seule parole, une foule de sanglots l'étouffoit. Mon pere voulut le relever; mais il s'obstina à rester dans cette posture, jusques à ce que mon pere l'eût assuré qu'il oublioit son crime.

Je suis sensiblement touché, lui dit mon pere, de votre repentir, car je le croi sincere. Cessez de vous affliger. Je ne me souviens plus de rien. Remettez-vous, & soyez de mes amis.

Le coupable qui se repent, devient souvent plus honnête-homme qu'un autre. Oubliez vous-même ce qui s'est passé. Je ne demande plus à sçavoir cette histoire que comme un fait étranger & pour vous & pour moi : Juste Ciel! s'écria le jeune-homme, se peut-il que j'aie pu offenser un

homme tel que vous ? Mon pere
le força à se relever, & à s'asseoir
auprès de lui.

Oh, Amour! poursuivit le jenne homme, détestable Tyran des
cœurs, passion cruelle & malheureuse, à quelle extrêmité ne portes-tu pas les hommes les plus sages ? C'est toi qui m'as séduit,
c'est toi qui m'as rendu le plus criminel & le plus odieux de tous les
hommes. Non, Monsieur, ajoûta-t-il, en adressant la parole à
mon pere, vous ne vous trompez
pas, je suis tel dans ma naissance &
dans mon éducation, que vous
avez daigné le présumer. Cet
aveu redouble ma honte; à quoy
me servent en effet, ces garants,
ordinaires d'une bonne conduite,
puisqu'ils n'ont pû m'empêcher
de me laisser corrompre. Ne vaudroit-il pas mieux pour moi n'avoir jamais connu la vertu, que
de l'avoir outragée. C'est l'amour
enfin, le croirez-vous, c'est cette

passion

paſſion que je déteſte, qui ſeule
a condamné dans mon eſprit votre fils à la mort. C'eſt pour plaire
à une femme que j'adore, que j'ai
voulu l'empoiſonner. J'aurois pé-
ri mille fois avant que de vous
dire qui je ſuis, & de vous déclarer cette ennemie que vous avez,
& qui m'eſt ſi chere ; mais comment réſiſter à tant de généroſité ?
Je vous défendrois, je crois, contre elle-même. Je vais donc vous
montrer le bras qui vous menace,
& vous révéler en même tems des
ſecrets que perſonne ne devoit pénétrer. C'eſt ce que je vous dois,
& c'eſt ce que je me dois à moi-
même. Mon pere l'embraſſa, &
voulut lui promettre qu'il n'abu-
ſeroit jamais de ſa confiance. Quel
ſoin prenez-vous, lui dit le jeune
homme ? Je n'apprens que trop à
connoître quelle eſt votre prudence & votre moderation ; ne
cherchez point à m'en convain=
cre. Permettez-moi de vous ou-

F

vrir mon cœur, & de vous détailler même succinctement les diverses situations où je me suis rencontré, celles où je suis maintenant, a lieu de me donner beaucoup d'inquiétude : je n'ai d'espoir qu'en vos sages conseils. Mon pere l'assûra de tout ce qui pouvoit dépendre de lui, & il parla ainsi.

Je suis Page de la Princesse mere du Prince qui a reçû de votre main la juste punition de ses attentats, & il y a sept ans que je le suis. Mon pere se nomme le Comte de… & vous pouvez connoître notre Maison pour une des meilleures de Prague. Quelques talens que j'avois pris soin de cultiver, comme ceux de la Danse, de la Musique & des exercices qui convienent au Cavalier, m'acquirent quelque distinction parmi mes pareils & furent remarqués de la Princesse. Elle m'honora d'une bienveillance particuliere. Cela me rendit encore plus foigneux de lui plaire; comme elle eft extrêmement fenfible au zele qu'on a pour fon fervice, ainfi qu'aux offenfes qu'on lui peut faire, elle me parut très-contente de mes attentions ; & pour m'en donner une premiere preuve, elle fixa mes emplois à tout ce qu'il pouvoit y avoir de plus agréable dans fon fervice, & m'approcher le plus de fa perfonne.

J'ignorois fort alors quelle fuite pouvoient avoir de tels commenmencemens; & tout ce que cette faveur me faifoit augurer, c'étoit que je ferois mon chemin plus vîte qu'un autre, que la Princeffe me feroit bientôt avoir une Compagnie, & que, par ce moyen, je ne tarderois pas à fortir de chez elle & à me voir ce qu'on appelle hors de Page. Ce qu'on croit prévoir à cet âge-là eft rarement confirmé; tout le contraire en arriva.

L'habitude où étoit la Princeffe de me voir, & de n'avoir fouvent

auprès d'elle que moi de tous mes
camarades, faifoit qu'elle ufoit
avec moi d'une grande familiari-
té. Ma vivacité lui plaifoit ; elle
fe réjoüiffoit, tantôt à me faire
chanter ou joüer de quelques
inftrumens, tantôt à me faire raconter toutes les efpiégleries de
fes Pages, & quelquefois auffi à
me faire parler fur des matieres
férieufes. Infenfiblement, voyez
quelle eft la fatalité! j'eus lieu de
m'appercevoir que je lui plaifois
d'une maniere encore plus forte.

Elle ne me parloit plus tant, &
me regardoit davantage; il ne fut
bientôt plus queftion pour moi
de mufique ni d'hiftoriettes. On
me faifoit refter plus long-tems,
mais c'étoit pour ne me rien dire
& pour me laiffer dans le filence.
J'entendois quelquefois des foû-
pirs qu'on fe détournoit pour
exhaler à moitié ; & lorfqu'on venoit à me parler, c'étoit toûjours
d'un ton fec & d'un air férieux ,

dont il étoit facile de voir l'affec-
tation. C'étoit mon ajuſtement
qu'on critiquoit toûjours & ſans
ſujet. On m'ordonnoit ſur-tout
d'avoir grand ſoin de mes dents ,
& d'entretenir la blancheur de
mes mains ; il n'y avoit rien à
m'ordonner là-deſſus. On me faiſoit aſſeoir , ce qui juſques alors
ne m'étoit pas arrivé ; & tandis
qu'on s'occupoit à faire quelques
nœuds , on paſſoit des heures en-
tiéres à jetter ſur moi de momens
en momens des regards inquiets ,
qui m'examinoient depuis la tête
juſques aux pieds , & s'arrêtoient
ſouvent ſur mes yeux. Ces mêmes
regards, alors, ſembloient exprimer
la froideur & la ſévérité. Lorſque
je les rencontrois , il s'y mêloit
un peu de trouble & ils ſe détour-
noient ; mais un leger ſoûpir , en
ce moment, les accompagnoit toûjours. Une autre qu'elle ſe ſeroit
peut-être conduite autrement dans
cette affaire ; mais je ne puis m'em-

pêcher de le dire ; elle n'eſt pas
abſolument comme une autre ſur
ce point ; & elle a beaucoup de
délicateſſe.

Quoique je n'euſſe encore que
dix-ſept ans, & fort peu d'expérience, je ne laiſſois pas de connoître qu'il y avoit dans le pro-
cédé de la Princeſſe un mobile
plus puiſſant que ceux de la bonté
& de la ſimple conſidération. Je
crois qu'on eſt toujours fort em-
baraſſé dans une ſemblable cir-
conſtance. Jugez ſi je devois
l'être alors.

Cette trop charmante Princeſſe
étoit encore dans la fleur de l'age.
Elle avoi été mariée fort jeune,
& étoit demeurée veuve quelque
tems avant que j'entraſſe à ſon ſervice. Outre cet air noble & ma-
jeſtueux que donnent d'ordinaire
la naiſſance & le haut rang, elle
étoit enrichie de tous les préſens
de la nature & des graces ; une
ame vive & tendre ſe fait voir

dans ſes yeux, qui ſont du plus beau bleu du monde; ſes cheveux ſont cendrés; la blancheur de ſon tein éblöüit; ſa bouche… Mais je ne m'apperçois pas, pourſuivit le page en s'interrompant, que je vous fais ici le portrait d'une perſonne que vous voyez tous les jours à la Cour & que vous connoiſſez preſqu'auſſi bien que moi. On pardonne tout aux amans : La faute que je commets leur eſt bien naturelle.

Ce que vous ne ſçavez pas peut-être auſſi particulierement que moi, c'eſt qu'elle a encore plus d'eſprit que de beauté, mais un de ces genies profonds & illuminés, comme il y en a peu. Je dirois même, malgré les apparances, qu'elle a le cœur noble & bon, & qu'enfin, elle ſeroit parfaite ſi elle n'étoit pas vindicative.

Le moyen de reſiſter à tant de charmes embellis encore & employés pour ſéduire, par l'amour même, par un amour qui parle, & qui semble exiger qu'on l'entende. Cependant, soit que mon heure ne fût pas encore venuë, ou que mes exercices fissent alors tous mes plaisirs, je ne sentis rien naître dans mon cœur pour la Princesse, au-delà du zele & du profond respect que j'avois toûjours eu pour elle; & quand j'en aurois senti davantage, je ne sçai si, malgré les avances qu'elle sembloit me faire, j'eusse osé en laisser rien échaper. Quoiqu'il en soit, je ne répondis à toutes ses bontés que par des marques sinceres de la plus parfaite vénération, & de l'affection la plus vive qu'un serviteur puisse avoir pour son maître.

On ne peut être plus choqué qu'elle le fut de mon insensibilité, ou pour mieux dire de ma stupidité. L'amour qu'elle avoit conçu pour moi se changea tout-à-coup en aversion. Peut-être ne fit-il

que

que se masquer ainsi ; néanmoins j'en ressentis tout l'effet, je ne fus plus regardé qu'avec indignation ; je fus destitué de tous mes avantages, & banni de la présence de la Princesse ; & ce qui fut un coup mortel pour moi, j'en vis un autre prendre ma place.

C'étoit alors, si j'avois eu quelque prudence, qu'il falloit me soustraire aux suites fâcheuses que devoit nécessairement avoir cette bizarre avanture. Mais que demander à l'âge que j'avois ? Que demander même souvent à l'homme dans un âge plus mur ?

Lorsque je me vis ainsi disgracié, je fis, malgré moi, de fortes reflexions sur la différence qui se trouvoit entre mon état présent & mon état passé. Je sentis toute la perte des douceurs dont je jouissois, & même de celle dont il n'eût tenu qu'à moi de jouir. Il me sembloit voir le dépit de ma Princesse tourner à l'avantage de

G

mon successeur, qui seroit sans
doute plus sensible ou plus habile
que moi. J'eusse bien été capable
de cette habileté, mais elle n'avoit
paru à mes yeux qu'une fourberie,
& je me serois fait alors un crime
d'affecter un amour que je ne sentois pas. Je n'avois aucun repentir
de ce coté-là. J'avois assez de mes
regrets pour être malheureux, &
j'accusois seulement la nature de
m'avoir donné un cœur impé-
nétrable aux traits les plus forts
de l'amour. J'étois même plus
malheureux que si ma Princesse
ne m'eût jamais distingué; car sa
haine m'interdisoit tout espoir de
protection de sa part. J'eusse bien
eu, je pense, la liberté de quitter
son service, mais elle n'eut pas
travaillé à mon avancement.

Je ne fus pas long-tems à me
plaindre seulement de ma situation. Je tombai dans un si grand
chagrin, ma mélancholie devint
si grande qu'il se fit une révolu-

tion dans mon tempérament. Je ceſſai d'être vif. Je ne l'ai jamais été depuis, comme je l'avois été juſques-là. Mon cœur en eſt auſſi devenu bien plus tendre & bien plus ſuſceptible ; car ce n'eſt pas, comme on le pourroit croire, la vivacité de l'humeur qui allume le plus aiſément les feux de l'amour. Alors le dépit & la jalouſie firent ſur moi ce que les graces & la volupté n'avoient pû faire ; & l'amour qui n'avoit pû me ſéduire par ſes careſſes & ſes faveurs, ſçut entrer dans mon ame par les rigueurs & le mépris.

Que devins-je, lorſque je me ſentis ainſi bleſſé ? Quelle pouvoit être ma reſſource ? Je ſerois bien aſſez infortuné, me diſois-je à moi-même, ſi j'avois le malheur de brûler pour ma Princeſſe, ſans qu'elle eût jamais eu lieu de s'indiſpoſer contre moi, ſans qu'il y eût d'autre obſtacle que ſon indifférence ; puiſqu'enfin, quel ſe-

roit le fruit d'une paſſion ſi témé-
raire ? Oſerois-je jamais de la lui
déclarer, & ſi j'en avois l'audace ?
ne ſerois-je pas ſûr de me perdre ?
Eh bien, ajoûtois-je, mon infortu-
ne eſt encore plus grande : Ma
Princeſſe me hait, & je pouvois
en être aimé : c'eſt maintenant une
ennemie implacable que j'adore.

En effet, ce n'eſt point en de cas
pareils qu'il y a moins de chemin
de la haine à l'amour que de l'indifference. L'orgüeil qui perd ſon
ſacrifice, ſe ſent trop offenſé.
L'objet qui l'avoit mérité tombe
au deſſous de celui qui ne mérite
rien, & le moindre des hommes
eſt plus capable de plaire à la femme qui a fait un tel pas, que celui qui n'en a pas profité n'a d'eſ-
poir de rentrer en grace auprès
d'elle.

Ces réflexions m'accablerent.
Je n'étois plus admis au ſervice
de la Princeſſe ; & lorſque je voulois la voir, il falloit que je fai-

fisse le tems où elle sortoit. Je me
trouvois à son paffage ; encore
étois-je obligé d'éviter qu'elle ne
m'apperçût. Chaque fois que j'a-
vois ainsi joüi d'une si charmante
vûë, je sentois mon feu s'accroître avec mon défespoir. Je parvins
enfin à un si violent excès d'amour
& de douleur que je changeai totalement. Je devins pâle & dé-
charné. Le poifon qui couloit
dans mes veines y alluma une
fiévre lente , & je n'eus bientôt
plus la force de quitter ma chambre.

Ce fut alors que l'impoffibilité
de voir ma Princeffe me fit tomber abfolument malade , mais si
dangereufement, que je m'étonne
encore tous les jours d'en être revenu. Ma fiévre lente fe changea
en une fiévre des plus ardentes ;
qui me donnoit un tranfport pref-
que continuel , & fouvent des cri-
fes qui fembloient marquer mon
dernier moment. Les médecins

me firent tirer jufques à la derniere goutte de mon fang, ce qui ne contribua pas peu à me mettre en danger. Ils étoient bien pardonnables : Ils ne pouvoient pénétrer la caufe de mon mal, & n'étoient pas obligés d'y trouver du remede. Tout le monde me plaignoit : Il n'y avoit que ma Princeffe qui ne paroiffoit pas feulement y jamais penfer. J'allois donc perir à la fleur de mon âge, lorfqu'un événement me rappella à la vie, & me rendit bien-tôt la fanté.

Le fervice de la Princeffe étoit diftribué entre les Pages : Chacun avoit fes emplois plus ou moins confidérables, & l'avantage en étoit réglé fuivant l'ordre d'ancienneté. Pendant ma maladie, celui qui étoit avant moi, & qui donnoit tous les jours le chocolat à la Princeffe dans fon lit, vint à fortir. La Princeffe demanda à qui c'étoit à donner le chocolat,

On lui répondit que c'étoit à moi, mais que j'étois bien malade. Elle dit qu'elle en étoit bien fâchée, mais qu'il falloit donner cet emploi à celui qui me suivoit.

Un de mes camarades, venant me voir, m'apprit par hazard cette nouvelle. Elle fit plus sur moi que tous les secours de la Pharmacie. L'espoir de remplir la place qui m'étoit dûë, & d'en faire sortir celui qui l'avoit usurpé, me rétablit promptement. A peine me sentis-je en état de marcher, que je pressai vivement notre Gouverneur de solliciter pour moi, & de me faire faire justice. Il s'y employa de son mieux. La Princesse fit quelque difficulté ; mais comme elle n'avoit aucun sujet apparent de se plaindre de moi, il fallut bien qu'elle accordât ce qu'on lui demandoit.

Lorsque la Princesse me vit pour la premiere fois, je remarquai qu'elle paroissoit extrêmement

étonnée: Vous êtes bien changé,
me dit-elle. Ce mot, le premier
que j'eusse entendu de sa bouche
depuis long-tems, joint à l'effet
que produisoit sa vuë, me fit,
malgré ma pâleur, monter le rou-
ge au visage. Je ne répondis rien;
je ne sçai comment elle interpré-
ta mon silence: J'eus lieu de croire que c'étoit à mon désavantage.
Je ne m'apperçus point que ma
vûë lui eût fait aucune impression;
une extrême froideur regnoit dans
tout son exterieur; elle ne me regardoit point, mais elle n'évitoit
pas non plus de me regarder. Sans
affecter de garder le silence, elle
m'adressoit rarement la parole.
Cette froideur même parut dégé-
nérer en dégoût; il sembloit toujours que je l'importunasse, quoique je ne manquasse jamais de venir à la même heure; c'étoit toujours ou trop tôt ou trop tard. Pour
y mettre ordre, selon elle, & pour
être de bonne heure débarrassée

de ma fonction, elle m'ordonna de lui apporter dorénavant le chocolat deux heures plûtôt qu'à l'ordinaire. Je crus voir quelle étoit son intention ; ma santé avoit encore besoin de ménagement ; c'étoit m'obliger de me lever de grand matin ; je jugeai qu'elle vouloit me faire renoncer à mon emploi, ou m'y contraindre, en m'occasionnant une rechûte : cette idée seule pensa m'ôter la vie.

Cependant je résolus de mourir, plûtôt que de discontinuer. Je la servis exactement à l'heure qu'elle avoit marquée. J'ignore si mon extrême attachement lui fit ouvrir les yeux, ou si elle n'avoit fait que se contraindre ; mais, un matin, un valet de chambre vint m'avertir que la Princesse me demandoit, & qu'elle vouloit que je descendisse, sans attendre que le chocolat fût prêt. Je fus surpris de ce nouvel excès de vigilance ; je tremblai, je l'avoüe, que cette nouveauté ne m'annonçât quelque chose de plus funeste encore, que ce que j'avois éprouvé, comme eût été, par exemple, mon congé. Hélas, qu'un tel évenement m'eût été favorable! Quel avantage pour ma vertu! Mais j'étois né pour être coupable.

Je ne pouvois me soûtenir quand j'entrai dans la chambre de la Princesse. Fermez la porte, me dit-elle, & asseyez-vous à côté de mon lit. J'obéïs, mais j'aurois peine à vous dire ce qui se passa dans mon ame en ce moment. Je ne sçai ce que j'ai, dit la Princesse, je n'ai pas dormi de la nuit; il y a déja quelque tems que je ne repose plus comme je faisois. Je vous ai envoyé chercher, sans trop sçavoir pourquoi, mais j'ai besoin d'un peu de distraction, & je me souviens que je perdois autrefois avec vous, une partie de mes ennuis. Elle me demanda là-dessus, si je joüois toujours de la viole. Je

lui répondis que je n'avois pas regardé cet inftrument, depuis que
l'avois eu le bonheur de l'en amu-
fer. Elle m'ordonna de l'aller
chercher, puis elle fe ravifa. Elle
fut prête de me faire chanter,
mais elle eut bien-tôt changé de
fentiment. Elle fe tut, & je l'en-
tendis foupirer. Elle fe tourna
vingt fois dans fon lit, comme la
perfonne la plus inquiette. Elle fe
mit enfin à fon féant, tira elle-même le rideau qui fermoit fon lit, &
porta tous fes regards fur moi, fans
prendre garde qu'elle découvroit
à mes yeux, plus de charmes, peut-
être, qu'elle n'en vouloit encore
montrer. Je baiffai la vûë ; elle
s'apperçut de fon défordre, & fongea à le réparer, mais le coup étoit
porté. Je perdis contenance, & je
fentis que je me trouvois mal. Elle
le vit, & n'en fut que plus trou-
blée. Qu'avez-vous ? me dit-elle,
d'une voix douce & languiffante.
Ah, Princeffe ! lui dis-je, fouffrez

que je me retire, & ne permettez pas, du moins, que je meure à vos yeux. Vous, mourir! & pourquoi? me dit-elle. N'avez-vous pas recouvré la santé? On me difoit que vous vous portiez mieux. En parlant ainfi, elle prit une de mes mains qu'elle mit entre les fiennes. J'avois befoin de ce fecours pour reprendre mes efprits, ou plûtôt pour les perdre entierement. Elle eft encore bien belle, dit tendrement ma Princeffe, en confiderant ma main. Je ne pouvois lui répondre de bouche, mais je la regardois avec des yeux qui difoient tout : elle n'en perdit rien. Vous êtes un ingrat, dit-elle, mais je vous pardonne; je fuis bien aife que vous ayiez un peu fouffert, vous en connoîtrez mieux ce que vaut un bonheur comme le vôtre. Je me jettai à genoux, & exprimai mes fentimens par mes foupirs & par mes larmes. Elle me ferra la main, me l'appuyant contre fa

poitrine ; enfuite elle me fit relever, & daigna effuyer elle-même
les pleurs que je verfois. Enfin,
elle vit bien que je l'adorois, &
elle m'affûra qu'elle ne me haïffoit
plus.

Amour ! perfide amour ! fource
des biens les plus parfaits, peux-
tu l'être des crimes les plus affreux?
Sûr de plaire à ma Princeffe, j'a-
vois paffé cinq ans dans la plus
haute félicité. Quelles preuves é-
clatantes n'ai-je point eûës de la
générofité de cette adorable perfonne ? Pardonnez, continua le
Page, fi j'en parle fi avantageufe-
ment ; c'eft une juftice que je ne
puis lui dénier ; vous avez fçû
vous-même, puifque tout l'Empire en a été informé, les mariages
illuftres que ma Princeffe a refufé
de contracter. Nul n'en a jamais
pénétré la véritable caufe : on l'ac-
cufoit d'indifference, & c'étoit la
femme du monde la plus tendre.
On eft fouvent trompé fur ces for-

tes d'apparences.

Je lui aurois fait outrage de
douter qu'un si grand sacrifice ne
fût pour moi; mais dans le fonds
je me le reprochois. Les grands
bienfaits inquiettent une ame délicate; on ne sçait que faire pour
les reconnoître. Je n'osois cependant lui rien témoigner de mon
embarras; il falloit, par prudence
& par modestie, feindre d'ignorer
que mon pouvoir sur elle s'étendît
jusques-là, & attendre que la fortune me procurât l'occasion de
signaler ma gratitude. Sa propre
délicatesse lui fit appercevoir dans
mon ame, ces scrupules & cette
inquiétude : Ami, me dit-elle un
jour, (c'étoit le nom qu'elle m'a-
voit donné,) je sçai ce que vous
pensez, & cela me déplaît; je
veux qu'on soit équitable envers
soi comme envers tout autre. Je
suis sûre que vous refuseriez une
couronne qui ne vous seroit offer-
te que sous la condition de me

quitter : pourquoi voulez-vous que moi qui suis Princesse, & qui vous dois l'exemple par toutes sortes de raisons, je ne fasse pas, de ma part, quelque chose qui vous entretienne dans vos bons sentimens ? J'aime mieux mon état present, que ceux qu'on m'offre. Il n'est pas surprenant que je demeure comme je suis, c'est mon amour propre qui décide ; & d'ailleurs, dans ces sortes de résolutions, il y a toujours moins de sacrifice que de destinée. Jugez de l'effet d'un pareil discours ; le cœur y parle-t'il assez ? que ne feroit-on pas pour une semblable femme ? Voilà comme on s'enivre, comme on se perd sans pouvoir l'éviter, sans s'en appercevoir.

Mon bonheur étoit trop grand pour durer toujours. Votre mariage & la beauté de votre épouse apporterent le trouble chez la Princesse ; son fils devint éperdu d'amour, & ne s'en cacha point ;

elle lui en fit mille fois, en ma
préfence, des réprimandes féve-
res & inutiles ; fon entreprife &
fa mort arriverent enfin, & porterent le dernier coup à notre tran-
quillité. La Princeffe fut faifie de
douleur ; elle fongea d'abord à ob-
tenir vengeance par l'autorité de
l'Empereur, mais elle lui fut dé-
niée, & même avec defagrément
pour elle : elle en fut irritée, &
jura de fe venger par elle-même.

C'eft à vous, me dit-elle, avec
tranfport, c'eft à vous à réparer
l'injure qu'on nous a faite. Si mon
interêt vous eft cher, ajouta-t'elle
en verfant quelques larmes, s'il
vous refte quelque fouvenir de ce
que j'ai fait pour vous, fi vous
m'aimez, enfin, il s'agit de me le
prouver ; au péril de votre vie, il
s'agit de vous couvrir du fang des
meurtriers de mon fils.

Je ne vous le célé point, je me
fentis auffi tranfporté qu'elle ; elle
me tranfmit, fans peine, toute fa
colere.

colere. Je me déclarai son ven-
geur, & lui dis qu'elle n'avoit qu'à
m'ordonner, que j'étois prêt à tout
entreprendre pour la satisfaire.
Elle m'eût, sans doute, inspiré
tout ce que la vengeance peut sug-
gerer de plus violent ; mais une
réflexion, que mon interêt lui fit
faire, éteignit en un instant tout ce
grand feu, & renversa ces pre-
miers desseins.

Je ne puis me résoudre, me
dit-elle, à exposer tes jours, il me
semble que les miens y sont atta-
chés. Périsse à jamais, plûtôt, tout
espoir de vengeance, que de me
coûter de telles inquiétudes, & de
me fournir, peut-être, deux sujets
de défespoir pour un : je n'y pour-
rois survivre. Il faut, du moins,
qu'il me reste quelqu'un qui m'ai-
de à supporter la perte de mon
fils.

Les réflexions de la Princesse
me donnerent lieu d'en faire de
mon côté ; mais l'honneur & la

juſtice, plûtôt que le ſoin de ma
vie, parlerent dans mon cœur. Je
connus tout le mal que j'avois été
ſur le point de commettre, & j'en
reſſentis de la honte; ainſi je n'ob-
mis rien pour fortifier ce dernier
parti dans l'eſprit de ma Princeſſe, & je parvins à la calmer, du
moins pour quelque tems.

Pluſieurs mois ſe paſſerent dans
cette léthargie, & je commençois
à reſpirer; lorſque l'eſprit de vengeance revint, ſinon, avec autant
de violence, du moins, avec la
même force & plus d'adreſſe qu'-
auparavant.

Je ne ſçaurois me vaincre, me
dit la Princeſſe; j'ai fait tous mes
efforts, mais inutilement. Je me
figurois que le tems calmeroit ma
douleur & ma haine, il n'a fait que
les accroître. Mon fils, victime
d'une paſſion malheureuſe; coupable, je le veux, mais non moins
cher à ſa mere; mon fils percé de
coups, & mourant aux pieds d'u-

ne femme ingrate, revient sans
cesse affliger mon esprit : il me
semble, à tout moment, l'entendre me demander vengeance, me
reprocher ma froideur, & m'ac-
cuser d'avoir part à sa mort, en la
laissant lâchement impunie. La
crainte de vous perdre, a seule
suspendu jusques à ce jour, mon
juste ressentiment. Je ne me re-
pens pas de l'avoir retenu ; j'ai dé-
couvert, à loisir, les moyens d'accorder, à la fois, les differens interêts qui m'occupent, & je me pro-
mets bien d'avoir raison de mes
ennemis, sans qu'il m'en coûte
seulement un soupir. Prenez cette
phiole, ajouta-t'elle, gardez-la
précieusement, vous en ferez l'u-
sage que je vous prescrirai.

Je me doutai bien de ce que
contenoit cette malheureuse phiole, & ne pûs m'empêcher de frémir d'un dessein si horrible. Je re-
gardai la Princesse d'un air inter-
dit, mais elle évita ce regard ; je

voulus lui parler, elle m'impofa filence, & me déclara fi hautement qu'elle vouloit être obéïe, qu'il fallut me taire, & attendre un moment plus favorable pour combattre fa réfolution.

Nous partîmes incontinent pour Kremsbourg ; là, elle m'apprit que le deffein de vous faire affaffiner par des gens apoftés, lui étoit fouvent venu dans l'efprit ; mais que la crainte d'être convaincuë de cet affaffinat, ainfi que je ne fçai quel remord, l'avoir empêché de l'executer ; que s'étant exactement informée de la vie que vous meniez à Chreftat, & de ce qui fe paffoit dans le plus fecret de votre maifon, elle avoit fçû que votre fils n'étoit plus nourri que de lait de vache, & que c'étoit la jardiniere qui le fournifloir. J'ignorois où tendoit ce difcours. J'ai imaginé, pourfuivit-elle, un moyen fûr de me venger de mes ennemis, fans expofer vos jours, hi mon honneur, & fans même qu'il m'en coûte un fi grand crime que celui de donner la mort à des hommes formés. Il faut empoifonner le lait dont on nourrit cet enfant, avec l'eau qui eft dans la phiole que je vous ai donnée. Sa perte n'égalera pas celle que j'ai faite dans un fils tel que le mien, mais elle fuffit à ma vengeance : ils fentiront, du moins, comme moi, ce qu'il en coûte en perdant un fils. Je n'exige que cela de vous, Monfieur, me dit-elle, mais je l'exige.

Ce fut alors que je combattis ouvertement fes réfolutions, & que je lui témoignai toute l'horreur que j'en concevois. J'employai la douceur, la tendreffe, les prieres, les larmes ; je fis parler l'honneur, la juftice, la vertu ; je m'irritai enfin, tout cela vainement. Elle s'indigna de ma réfiftance & de mes fcrupules, qu'elle appelloit foibleffe & lâcheté ; elle

me dit, que puisque je refusois de
lui plaire, elle ne m'y forçoit pas,
qu'elle sçauroit bien se venger
sans mon secours, & que j'eusse,
pour jamais, à disparoître de devant elle. C'est ici que sont réellement la foiblesse & la lâcheté:
ces dernieres paroles me glace-
rent ; & voyant qu'elle me quit-
toit brusquement, je courus me
jetter à ses pieds, lui dire que je
ne connoissois rien de si affreux
que le bannissement dont elle me
menaçoit, & qu'il n'y avoit rien
que je n'entreprisse pour l'éviter.
Vous faites bien, me répondit-
elle, si vous aviez differé d'un instant, il n'y avoit plus de grace
pour vous.

Je me déterminai donc ainsi à
lui obéïr, détestant en moi-même
la tirannie de l'amour, & rougis-
sant sans cesse de ma honteuse
obéïssance. Je me laissai conduire;
elle me fit prendre l'habit que vous
me voyez, & joüer la manœuvre

qu'on a pû vous dire que j'avois mise en usage pour n'être point suspect chez votre Jardinier. J'ai feint de l'amour pour sa fille, je m'en suis réellement fait aimer : on a crû que je devois l'épouser. Lorsque j'ai vû cette idée bien établie, j'ai executé mon coup. Un jour que j'avois aidé Marguerite à tirer le lait qu'on destinoit à votre fils, je lui arrachai le pot en badinant ; & en feignant de füir, j'eus le tems de renverser ma phiole dedans, sans qu'elle s'en apperçût. Ce ne fut pas sans ressentir un grand frémissement ; combien ai-je eu de remords sans profiter d'un seul ! je me suis vû dix fois en pouvoir de verser mon poison, & dix fois j'ai manqué de force & de résolution. Qui m'a donc empêché de conserver une timidité si louable, ou plûtôt de m'éloigner pour jamais ? Hélas ! j'étois tous les jours excité par la femme la plus vindicative, la plus

impérieufe, & en même tems, la
plus féduifante. Enfin, je l'ai com-
mis, ce crime abominable, qui
me punit feul plus rigoureufement
que vous n'euffiez pû faire en m'ô-
tant la vie.

Ne vous abandonnez pas, lui
dit mon pere en cet endroit, aux
triftes réflexions que ce fujet peut
vous faire naître, paffons à votre
retour à Kremsbourg, & à votre
abfence de trois femaines.

A peine eûs-je accompli mon
fatal deffein, reprit le Page, que
je quittai promptement un lieu où
je m'étois en horreur à moi même.
Tout mon foin, en chemin, fut
de détourner mon efprit de ce que
je venois de faire. Quand j'arrivai
à Kremsbourg, je trouvai la Princeffe qui m'attendoit, à l'ordinaire, avec impatience. Son air me
parut plus inquiet, & dénotoit
plus de courroux que de coûtume.
J'étois, pour moi, comme un homme qui ne fe connoît pas, & qui
ne

ne sçait où se cacher. Eh bien, mon cher, me dit-elle en me prenant les mains, que dois-je augurer de l'état où je vous vois ? Avez-vous enfin satisfait votre Princesse ? Peut-elle se flater que vous méritez sa reconnoissance ? Il n'y a point de récompense que vous ne deviez attendre de moi, pour un si grand service. O Dieu ! Madame, m'écriai-je, en me frappant la poitrine & versant un torrent de larmes, vous avez fait de moi le plus criminel, le plus détestable de tous les hommes. Que parlez-vous de récompense ? C'est la mort seule que je mérite. Si je me fais justice, j'irai la mandier à l'instant, & confesser mon crime ; ou, pour m'en sauver le dés-honneur, je dois me la donner moi-même. Oui, Madame, c'en est fait, joüissez de votre vengeance ; je viens d'empoisonner un enfant malheureux ; je viens de poignarder sa mere, qui l'aime trop pour n'en pas expirer de

douleur; je viens d'assassiner son
pere, qui ne survivra pas à la perte de l'un & de l'autre: ô Ciel!
aïez pitié de moi.

En achevant ces paroles, je
tombai sans force sur un siége, &
détournant mes yeux de la lumie-
re du jour, je voulois me les arracher, & me déchirer le visage;
mais la Princesse se jetta sur moi
pour m'en empêcher, jurant qu'-
elle alloit se percer d'un poignard
qu'elle tenoit à la main, si elle me
voyoit persister dans le dessein
d'attenter sur moi-même, & si je
ne me calmois. Je fus frappé de sa
résolution; je l'en connoissois capable: je m'arrêtai, en lui disant
cependant, qu'elle se feroit justice
en lavant son crime dans son sang,
& qu'elle mériteroit que je lui
donnasse lieu de poursuivre. Le
stile étoit bien changé entre nous;
elle m'avoit toujours parlé en sou-
veraine, elle n'avoit rien entendu,
de ma part, qui ne fût soumis &

respectueux; je lui parlai pour lors, en homme qui ne doit plus se souvenir du sexe, du rang, ni des faveurs; je lui dis tout ce qu'on peut imaginer de dur & d'injurieux. Que fit-elle, & quel est l'art & le pouvoir d'une femme?

Elle se jetta à mes pieds, me demanda mille fois pardon du chagrin qu'elle m'avoit donné. Ses pleurs, en même tems, baignoient son visage, & tomboient sur mes mains, qu'elle baisoit en gémissant. Quel spectacle gênant pour un homme qui veut haïr! Ma Princesse prosternée devant moi! une femme que j'adore! une femme, aux pieds de laquelle je m'étois vû cent fois; & où je m'eusse estimé trop heureux de pouvoir mourir! cette femme, je vous l'avouë, malgré sa noirceur, malgré le forfait dont elle m'avoit soüillé, quand j'eus une fois exhalé tous mes transports & mes reproches; cette femme, dis-je, re-

parut encore adorable à mes yeux,
& reprit fur moi fon empire ordinaire.

Elle s'apperçut d'abord de fon
fuccès, & pour s'en affûrer davantage, elle ajoûta tant de carreffes
à fes excufes, & tant de douceurs à
fes carreffes, elle rabattit fi fort de
fa grandeur, ne fe reconnoiffant
déformais digne que d'être mon
efclave: elle employa, en un mot,
tant de charmes & tant de rufes,
que je ne vis plus la même perfonne en elle. Je crus avoir fait
une nouvelle conquête ; je m'a-
veuglai au point d'oublier fon crime & le mien. Voilà où l'amour
eft capable de nous conduire.

Cependant, fans m'en faire part,
elle eut foin de s'informer de l'effet de fon poifon. Je n'avois garde
d'y penfer ; je comptois qu'il avoit
réüffi, & cette idée étoit affez af-
freufe pour que je ne cherchaffe
pas à m'en entretenir. Elle apprit
que l'enfant vivoit, & qu'on ne

diſoit pas qu'il eût été malade.
Elle s'imagina que le lait que j'a-
vois empoiſonné n'avoit apparemment pas ſervi, ou que je l'avois
trompée, ou bien que je m'étois
trompé moi-même, & que dans
le trouble où je m'étois trouvé, j'a-
vois répandu le poiſon à côté du
vaſe où étoit le lait. Dans l'une
comme dans l'autre de ces penſées,
elle ſe ſentit piquée de s'être a-
vouée coupable, & de s'en être hu-
miliée infructueuſement: & par un
nouveau dépit, ainſi que par le
même eſprit de vengeance, elle
réſolut de m'y faire retourner.

Dans cette intention, elle diſ-
ſimula extrêmement avec moi.
Elle vit bien qu'il faloit une adreſſe infinie pour me regagner. Nous
étions retournés à Vienne, car,
après mon attentat, je n'avois pû
reſter à Kremsbourg ; il ſembloit que les furies m'y environ-
noient. Nous allâmes à la Cour,
où je pris un peu de diſſipation.

La Princesse m'y procura tous les
plaisirs & tous les agrémens dont
elle fut capable, sans se commettre, & sans qu'on pût juger que
j'eusse auprès d'elle d'autre qualité
que celle de son Page. Un Page
n'a pas souvent beaucoup d'argent;
elle avoit grand soin que je n'en
manquasse pas. Cette attention
me flatoit infiniment, car sans a-
voir la passion du jeu, je ne laissois
pas d'être bien aise d'y figurer avec
les gens de la premiere distinction,
& qui joüoient le plus gros jeu;
cela me donnoit un certain air,
& mes camarades m'en estimoient
davantage. J'étois encore bien
jeune, comme vous voyez; la va-
nité, en elle-même, n'a qu'un faux
brillant; mais graces aux préjugés
reçûs, ses attraits sont vrais, & le
faste tient lieu du véritable éclat.

Au bout de quelques jours,
comme je rentrois le soir, & qu'un
gain assez considerable avoit con-
tribué à m'éguayer. La Princesse

profita de ce moment pour m'apprendre que son dessein n'avoit
pas réüssi, & que le poison n'avoit
pas fait d'effet. Que le Ciel en soit
loüé, lui dis-je avec un transport
de joye inexprimable ! Que je suis
heureux ! Il ne manquoit que ce
favorable événement à ma pros-
perité. Convenez, ma Princesse,
continuai-je, que vous êtes bien
charmée de voir que la fortune ait
si heureusement trahi votre intention ? Ne vous sentez-vous pas,
comme moi, soulagée d'un cruel
fardeau ? A ce discours, elle bais-
soit les yeux, & ne répondoit rien.
Vous ne répondez point, lui dis-
je, me tromperois-je dans la justice que je crois vous rendre ? Al-
lons, Madame, poursuivis-je, le
Ciel, vous le voyez, prononce &
se déclare. Il faut étouffer ce reste
de fiel qui me paroît encore al-
terer votre ame, & inquiéter votre vertu ; elle s'est sauvée, malgré
vous, du naufrage, vous obstine-

rez-vous à la perdre ? Songez donc que cette perſévérance dans le crime, nous rendroit enfin des monſtres indignes de vivre dans la ſocieté des hommes. Vous avez raiſon, me dit-elle, mais ſi l'on pouvoit toujours faire tout ce qu'on doit, on ſeroit trop heureux. Je ferai de mon mieux pour ſuivre votre conſeil, c'en eſt aſſez pour aujourd'hui. Enſuite elle me fit raconter mes petites avantures de la journée, ſe mit elle-même de fort bonne humeur, & nous nous ſéparâmes.

Le lendemain je retournai jouer; mais comme la fortune eſt inconſ-tante, je perdis, non ſeulement ce que j'avois gagné, mais encore tout ce que j'avois à moi : je fus même obligé, faute d'argent, de quitter le jeu avant qu'il finît; cela ne m'étoit pas encore arrivé ; j'en reſſentis quelque confuſion, & je m'en revins au logis, ſinon triſte, du moins un peu moins guai qu'à

mon ordinaire. Je contai le fait à
la Princeffe, qui me dit, qu'il falloit regagner ce que j'avois perdu.
Elle m'alla chercher auffi-tôt elle-
même une bonne bourfe de ducats
d'or, que je ne manquai pas de
perdre toute entiere le jour fuivant. Voilà comme on ne fe connoît pas! Je n'aimois point le jeu;
je ne croyois pas, affûrément, en
avoir la paffion. Je fortis piqué,
réfolu de r'avoir mon argent à
quelque prix que ce fût; la Princeffe m'en donna de nouveau : je
perdis conftamment de cette maniere, quinze jours de fuite. Plus
je perdois, plus je voulois jouer.
Tant de pertes, enfin, me mirent
au défefpoir, & égarerent ma raifon.

Ce fut dans cet état de foibleffe & d'extravagance que la Princeffe s'avifa de me rappeller la
mort de fon fils, & fa vengeance
avortée. Je lui demandai de l'argent; c'étoit ordinairement affez

pour que j'en eusse. Cette fois ,
elle m'en refusa. Je n'étois pas fait
à ses refus ; je n'en fus que plus
démonté : C'est trop joüer , me dit-
elle , & trop perdre ; j'ai eu assez
de complaisance pour vous ; il est
tems d'éprouver si vous en avez
pour moi. J'ai encore quelques
bourses de ducats à votre service ;
mais ces avantages sont foibles ,
en comparaison de celui que je
vous destine ; c'est le don de ma
main , si vous m'obéïssez.

Jugez du nouveau trouble que
ces paroles jetterent dans mon
esprit. Je me sentis étourdi ,
ébloüi , transporté, comme un
homme qu'un violent délire sur-
prend. L'amour, qui sembloit depuis quelque tems se tranquiliser
dans mon cœur, s'agita tout-à-
coup , & me remplit de feu. L'interêt ni l'ambition ne m'auroient
jamais déterminé ; mais joints à
l'espoir ravissant de devenir l'é-
poux de ma Princesse , & d'être

sûr à jamais d'une si charmante possession, je fus d'abord séduit; je ne fus plus à moi. J'interrompis ma Princesse pour lui protester avec serment que je lui obéirois quelque chose qu'elle m'ordonnât. Retournez donc à Chrestat, me dit-elle, réüssissez, je suis à vous. Elle me remit aussi-tôt en main la petite bouteille remplie d'un nouveau poison, me fit partir, & partit avec moi. Elle m'a accompagné cette nuit jusques au milieu du Bois, m'entretenant sans cesse du bonheur qui m'étoit préparé, & me comblant de caresses. L'endroit où nous nous sommes quittés, étoit à peu-près celui où le Prince son fils a expiré sous vos coups. Vois-tu, m'a-t'elle dit, fondant en larmes, c'est ici que mon fils a perdu la vie, & il ne seroit pas vengé! Va donc, vole, & reviens: Tu es déjà mon époux.

Comment concevoir ce que

c'eſt que l'homme ? Je ſuis venŭ gaïement, comme ſi la gloire & le triomphe m'euſſent attendus : Je n'ai pas ſenti le moindre embarras dans mon cœur : Il eſt vrai qu'en arrivant, j'ai eu peine à reconnoître le lieu : J'ai été ſur le point de demander la demeure de votre Jardinier : Je ſuis entré chez lui : Je lui ai parlé ; mais il me ſeroit difficile de me rappeller ce que je lui ai dit. L'homme & la femme m'ont dit beaucoup de choſes, dont je ne crois pas avoir entendu un ſeul mot. Je ſçai bien que j'ai demandé Marguerite ; au-lieu d'elle, je vous ai vû entrer ; & c'eſt en ce moment que je me ſuis réveillé, je puis dire, du ſommeil de mort, où j'étois enſeveli. Je rends graces au ciel du ſoin qu'il a pris de votre conſervation ; & quoique dans l'égarement où j'étois, je ne préſume pas que j'euſſe été capable de me ſouvenir ſeulement du deſſein qui m'amenoit, ou de l'exécuter assez adroitement, pour qu'on ne s'en apperçût pas, je ne me reléverai jamais de cette rechute dans le crime, & il n'y a plus désormais que la mort qui puisse me soulager : Que ne me la donniez-vous?

Les pleurs du Page redoublerent à la fin de son discours. Mon pere s'empressa à le consoler, & lui parla en ces termes. Le Ciel n'a pas permis que vous fussiez vraiment coupable : Il a sauvé mon fils, & a reservé, par là, dans votre cœur des ressources à votre innocence : Vous n'avez failli que par égarement : Votre faute n'a produit aucun effet funeste : Il faut qu'elle en produise un qui vous soit avantageux : Le mal n'est pas dans ce que vous avez fait ; mais il est visiblement dans ce que vous pourriez faire à l'avenir. Vous ne devez plus vous occuper du passé; mais vous avez à trembler pour la fuite ; ce jour ci, l'inftant où je vous parle, eft peut-être critique pour vous. Si vous laiffez échaper cet inftant, il n'y a plus pour vous de retour vers la vertu ; vous connoiffez toute l'étenduë de votre foibleffe ; voyez de quelle réfolution vous devez-vous armer, quel fiftême nouveau vous devez vous former, pour vous tirer de l'abîme où vous êtes, & pour vous garantir déformais de vous même. Vous me pénétrez, lui dit le Page : Que faut-il que je faffe ? Eclairez-moi ; je fuis prêt à marcher dans la voye, où vous me guiderez : Je vais donc, vous : inftruire, lui repartit mon pere, puifque vous me le permettez.

Vous êtes jeune encore, pourfuivit-il, & dans le plus rapide cours des paffions. L'Amour, comme vous voyez, eft une des plus dangereufe ; c'eft auffi une des plus imperieufes, & qui fe jouë le plus de la raifon humaine. Je

ne vous apprendrai point à l'éviter; il n'eft plus tems, mais je puis
au moins vous apprendre, dans le
cas où vous êtes, à en fecoüer le
joug. Cela vous femblera encore
difficile, je l'avoüe, mais cet ef-
fort n'eft pas impoffible. Votre
propre exemple vous fuffit. Ou-
vrez les yeux fur ce qui vous eft
arrivé, & fur ce qu'il en a coûté
à votre honneur & à votre vertu.
Vous aimez une femme que je
connois pour être parfaitement aimable; il n'y en a point à la Cour,
dont on dife tant de bien ni fi peu
de mal. Cependant vous voïez:
Que ne fera point, de quoy ne
fera point capable celle qui a fi
bien commencé? Rappellez-vous
votre naiffance. Croyez-vous vous
illuftrer en vous uniffant à cette
Princeffe? Je prétends moi, que
vous dérogez, & qu'un degré d'é-
lévation dont la baze eft le crime,
eft un précipice de honte & d'i-
gnominie. Ce n'eft point un ef-

prit de haine qui m'anime. On doit abhorrer le vice, mais on ne doit que plaindre les vicieux. La Princesse vous a promis de vous épouser, mais son erreur est grande, elle vous abuse & s'abuse elle-même. D'ailleurs, vous n'avez pas réüssi : je crains plûtôt pour vous un funeste retour. Ainsi, si vous voulez m'en croire, si vous sentez quels sont vos veritables interêts, Vous ne retournerez point chez elle, & vous renoncerez pour jamais à la voir. Que disent les Amans, ou plûtôt les hommes lâches & foibles en pareils cas ? qu'ils mourront, s'ils ne revoyent l'objet de leur tendresse. Eh bien ! Y a-t-il à balancer ? Est-il besoin de rappeller à l'homme que la vie n'est rien sans l'honneur & sans la vertu ? Je dis plus, ajoûta mon pere, fussiez-vous insensible à des raisons si fortes, l'interêt même de votre amour vous prescrit cette conduite. Je lis dans le

caractere

caractere de cette Princesse, sur
le portrait que vous m'en faites,
& sur la connoissance que j'ai du
sexe en général. Si vous retournez
vers elle, le moins qu'il vous
puisse arriver, c'est de perdre ses
bonnes graces. Si vous feignez de
la vouloir quitter, elle accompli-
ra sa promesse de peur de vous
perdre. Il y a de grandes ressources ensuite dans le mariage : Elle
aura moins d'empire sur vous :
L'âge viendra au secours ; & trop
d'experience vous illumine pour
croire que vous ayiez à la redouter.

Le Page remercia tendrement
mon pere, & jura de suivre son
conseil. Il écrivit à la Princesse
une Lettre, qui contenoit les jus-
tes reproches qu'il avoit à lui faire, & la façon généreuse dont il
avoit été traité par mon pere. Il
lui déclara, en même-tems, qu'il
ne retourneroit point chez elle,
que ses bienfaits étoient trop dan-

gereux, qu'il étoit parfaitement
reconnoissant de ceux qu'il en
avoit reçûs, mais qu'il ne s'y ex-
poseroit pas davantage.

Mon pere cependant l'obligea
d'accepter son Château pour azi-
le, jusques à ce qu'il eût arrangé
ses affaires, pour retourner dans
sa patrie. Pendant ce séjour, mon
pere eut le tems de connoître à
fonds le caractere de ce jeune
homme, & de découvrir en lui la
plus belle ame du monde; il en
étoit enchanté mais enmême-tems
frappé des cruels effets de l'A-
mour. Que ne fait-il point sur les
ames vulgaires, s'il corrompt ainsi les plus nobles & les plus ver-
tueuses!

Quelque tems s'étant ainsi passé,
sans que le Page parlât seulement
de s'informer de quelle maniere
la Princesse avoit reçû sa Lettre,
& sans qu'il lui échappât un soû-
pir, dont la vertu qui renaissoit
en lui eût lieu de s'offenser, on

vint avertir mon pere qu'un autre
Page de cette même Princeffe
demandoit à lui parler. C'étoit
une Lettre qu'il apportoit de fa
part, par laquelle elle le prioit,
fans autre explication, de faire
trouver à jour & heure marqués
M. le Comte de... ci devant
fon Page à Vienne, chez M. l'E-
vêque de... dont elle étoit pa-
rente.

Après avoir confulté la chofe,
mon pere lui confeilla de s'y rendre, & fe difpofa à l'accompagner.
Le Comte voulut l'en difpenfer,
mais mon pere s'y obftina. Ils
partirent bien efcortés ; & lorfqu'ils furent près de la maifon
de l'Evêque, mon pere, qui
crut qu'on pouvoit fe fier à une
pareille maifon, l'y laiffa entrer
feul avec la meilleure partie de
fes gens, & attendit l'évenement
de cette avanture.

Environ une demie héure après,
les gens de mon pere revinrent, &

lui dirent, de la part du Comte, qu'il étoit en sûreté, qu'il le remercioit mille fois, & qu'il auroit soin de lui rendre compte de tout, le suppliant de l'excuser, s'il ne retournoit pas vers lui, mais que la chose lui étoit impossible. Mon pere demeura tranquille, & retourna à Chreſtat.

L'experience avoit appris à mon pere que le séjour de la Cour étoit dangereux. Cependant celui de Chreſtat commença à lui devenir bien ennuyeux, fatiguant d'ailleurs par les fréquens voyages qu'il étoit obligé de faire, & non moins périlleux pour sa vie, parce que ces mêmes voyages l'expoſoient trop souvent aux tentatives de la Princeſſe ou de quelque autre ennemi, comme on en a toûjours, quand on eſt en faveur. Mon pere & ma mere ne tarderent pas à retourner à Vienne ; il ne faut pas demander ſi j'étois de ce retour, ni où j'étois pendant le

trajet. Les jours étoient si courts,
& l'on marchoit à si petites journées de peur de nous incommoder, qu'on en fut deux en route.
En arrivant aux portes de la Ville, un Domestique à Cheval s'arrêta à la portiere, & présenta un billet à mon pere, en lui disant qu'il venoit de Chrestat, & que ne l'ayant pas trouvé, il étoit retourné sur le champ sur ses pas. Mon pere ouvrit le billet, & y trouva ces mots.

JE ne puis vous exprimer, Monsieur, tout ce que j'ai ressenti depuis que je ne vous ai vû. J'ai trouvé la Princesse aussi pénétrée que je vous l'ai paru, de votre générosité & de repentir ; elle n'aspire qu'à vous le témoigner elle-même. Pour moi je me crois l'homme le plus heureux. Elle m'a épousé en secret, mais je me souviendrai éternellement de vos sages conseils. C'est peu de vous devoir la vie, je vous dois la raison *qui m'éclaire aujourd'huy. Je vous dois en un mot mon bonheur & les vrais principes de la félicité ; il ne me manque plus que le plaisir de vous voir.*

LE COMTE DE…

Mon pere fit venir ce Domesti-que au logis, & lui donna la ré-ponse qui fuit.

ON vous dira que j'arrive ac-tuellement. Je ne tarderai pas à avoir l'honneur de vous aller voir. Je fuis charmé des nouvelles que vous m'apprenez. Vous avez éprouvé que le bonheur étoit fouvent l'effet de la bonne conduite ; foyez toûjours heu-reux au même prix.

Voilà quel fut, jufques-là, le def-tin de ce Page. J'ai entendu plu-fieurs fois raconter à mon pere cette hiftoire de mon empoifon-nement, & je l'ai même apprife, comme on verra dans la fuite de

Ces Mémoires, de la bouche de ce même Comte de … dans une occasion où il répara bien le mal qu'il m'avoit voulu faire; & un jour que mon pere avoit laissé sur sa table le billet du Comte & le broüillon du sien, je les copiai tous deux par fantaisie, ne pensant pas assûrément pour lors, que je dûsse un jour les faire voir au Public.

Fin du deuxiéme Livre.